宙斯的雷擊

STRIKE OF ZEUS

傅羽／著

希望藉由此書
表達對於絕對權力的絕對畏懼
並能坦然面對死亡
無論是親友的或自己的

Content

目次

第 一 章　決戰前夕　007
第 二 章　諸神大戰　017
第 三 章　獨眼巨靈　031
第 四 章　天朝神國　047
第 五 章　神愛世人　057
第 六 章　登天之路　069
第 七 章　天衣仙食　079
第 八 章　水火不容　091
第 九 章　神王失陷　101
第 十 章　恩將仇報　115
第十一章　逐出神國　125
第十二章　再造人類　137
第十三章　天賜尤物　145
第十四章　盜取天火　155
第十五章　人間神王　173
第十六章　人神混戰　183

第一章　決戰前夕

這是明與暗各據一方的世界，晨與夕尚未誕生的年代，事實上時間和空間都還不具備任何實質的意義，至少不是現代人類所認知的那種，因此我實在說不上來，本故事的背景究竟發生在何處，到底起源於何時，只能這樣開始：

在某個根本無法標誌出年代的當下，天地間某個荒涼得無法形容的角落，一棟孤獨得難以言喻的石屋，屋頂上的紅瓦突然不停地跳動起來，有幾片禁受不住，掉在地上，摔成碎片。不消多時，愈來愈多的屋瓦放棄原有的堅持，追隨已逝去的同伴的軌跡，紛紛墜落，激起淡淡的煙塵。

「來了，該來的終究還是會來，怎麼也躲不掉。」透過窗戶，屋內的老達爾文望著落瓦，輕嘆口氣，慢條斯理地換上雅典娜女神用陽光、甘泉、彩虹、清風、露水與黃金絲線編織而成的華服，將工藝神赫菲斯托斯精心打造的桌椅搬到屋外無花無葉果樹下，擺置在純然光明與絕對黑暗的分界處，再慎重其事地從地窖捧出酒神戴奧尼修斯送給他的那罈佳釀。當然，農業女神狄蜜特手製的果乾，與大獵師奧利安親醃的肉脯，都是佐酒聖品，如此場合肯定少不得，畢竟今天恐怕是人類的末日，自己的最後一宴，沒有甚麼值得保留的，誰知道下一版本的人類是否也會喜歡這些玩意兒，如果未來當真還會有人類的話。

「根據先見神普羅米修斯的說法，我們已經是第四個版本的人類了。每回眾神之王克羅諾斯發現人類設計上可能存在著瑕疵，就不管三七二十一，必定來個趕盡殺絕。第一次是天降飛石，接著是場燒燬大地的天火，上回則是凜冽酷寒。我不得不佩服這些天神們，花樣可真不少，不過祂們的創意表現在殘殺生靈方面，似乎比創造世界要來得高明許多（且飲一杯敬眾神）。

「有次與普羅米修斯閒聊，我仗著幾分酒意，忍不住大發牢騷，說這些高高在上的天神們真不是東西，所謂『世界末日』，其實只是要作人類版本的更新，天神看不得自己的錯誤遺留世間，擔心被低賤卑微的人類嘲笑，所以乾脆來個毀屍滅跡。這不打緊，祂們竟然還硬要栽贓我們信仰不誠、道德淪喪，所以才會遭受天譴。我愈說愈氣，豁了出去，扯開喉嚨罵說：『天神們自己都不完美，不但有些長得奇形怪狀，而且啥狗屁倒灶的爛事兒沒幹過，怎能指望一下子就創造出完美的人類來呢？應該讓我們自己去學習改進，一代勝過一代才對。』普羅米修斯聽了我的話後眼睛一亮，非但沒發火，還連連稱讚我是天才，隨即一溜煙跑得沒了影子，過了好陣子才又來找我，大談甚麼玄之又玄的『演化論』，還說是我的創見，真不知祂在發啥神經！唉，這老小子……」

老達爾文嘴角泛出微笑，為老友乾了杯酒，咂咂脣舌，細細品鑑那多變的滋味，讓濃郁的香氣瀰漫五臟六腑，流注每一個細胞，進入心靈的最深處。這一刻他似乎已得到永生，但是紛至沓來的巨大腳步聲響、地表劇烈的震動，以及揚起千里高的滾滾煙塵，硬是把他拉回現實。

「唉！肉腐還天（一杯敬上蒼），筋爛委地（一杯敬黃土），血流入海（一杯敬川河），骨灰風揚

（一杯敬四方），造化愛作弄人，就由著祂們，反正怎麼來，怎麼去（再一杯敬亡者）。」達爾文連盡五杯，姑且不理會迅速迫近的巨大騷動，隨即又陷入深深思潮中。

「這回倒不是我們又出了啥差錯，而是在創造出我們這一版本的人類之後，神族就陷入大混戰。眾神之王克羅諾斯的親生兒子宙斯，糾結同胞手足要革神王老子的命，想一舉推翻泰坦族的統治，開創出另一代的天朝神國，眾神都被迫選邊站，連光明與黑暗也不例外。幾乎與大地母神蓋婭同樣古老的黑暗神耶瑞柏斯，仍堅守泰坦族的陣營，祂與其姊夜神妮克絲生下的兒子光明神艾鐵，則投入宙斯的麾下，而我現在就住在光明與黑暗的交界，醒著的時候在光亮處活動，累了就到另一邊呼呼大睡，倒也得其所哉，哈哈（且飲一杯敬無常人生）！

「這一仗早就算不清已經打了多久，反正祂們都是不死神祇，有的是時間，真正受苦的卻是飽受戰火蹂躪的蒼生萬物，且不管天神跟人類胡搞瞎搞所生下的半神人，這版本的人類到現在只剩下我孤零零一個了。原本泰坦陣營勢如破竹，宙斯陣營毫無招架之力，只能四處逃竄，眼看戰事就要告終了，誰知道泰坦族第二代的普羅米修斯，竟然說服了一些泰坦族跟祂一同倒戈，讓戰事持續到現在。雖然普羅米修斯一向很照顧我，也不管其他神的恥笑，成為我的好朋友，但是我只是個生死由天、微不足道的小小人類，不妨當個騎牆派，喝酒吃肉、觀神相鬥，也算苦中作樂。其實祂們骨肉相殘、手足鬩牆，到底關芸芸眾生啥事？不過事到如今，無論誰輸誰贏，我們肯定會滅絕的。」

老達爾文一念至此，索性捧起酒罈子，仰頭喝得涓滴不剩，心有未甘，把罈子放在耳畔猛烈搖晃，凝神傾聽其中是否仍有殘酒。突然，從半空中落下隻碩大無朋的腳丫子，將他連人帶屋子，板凳兼桌子，全踩個稀巴爛，連哼也沒聽得半響。杵在大腳丫子之上的是隻大毛腿，每根腿毛直挺挺的，怕不有竹竿粗細。大毛腿向天空延伸進黑漆漆的雲霧裡，根本瞧不清楚腿主人的形容樣貌。

這時半空中轟隆作響：「宙斯，你這個大逆不道的混帳東西；普羅米修斯，你這個狗娘生、龜爸養的大叛徒。我今天就要踏平奧林帕斯山，把你們統統打入地獄。喔，不，麗雅，我的親親好老婆，我要打入地獄的傢伙，當然不包括妳。妳快回到我的身邊來吧，麗雅。」

「哎喲，我的爹爹呀，娘才不會理您呢！說起『大逆不道』，您才是真正的開山老祖宗哩！您倒說說看，是誰用大鐮刀將自己的父親給閹了，還把割下的陰莖丟棄到深海裡？又是誰篡奪了王位，放逐祂的王，自命為宇宙的統治者？嘿嘿，那不正就是您嘛，我的父親大人，吾王陛下。兒臣只不過是有樣學樣，而且這是要實現爺爺對您的詛咒，要怪就怪您自己吧！假使非要踏平一座高山，否則不足以洩恨的話，您不妨拿自己的老巢奧特修斯山出氣吧！」從奧林帕斯山方向傳來另一陣轟隆之聲。

大毛腿的主人正是眾神之王克羅諾斯，祂聽了回話，勃然怒道：「宙斯，你這個喝羊奶長大、渾身騷臭的畜牲，你知道個屁！沒錯，確實是我割掉天父烏拉諾斯的陰莖，不過那是我的母親——大地母神蓋婭——交代我這麼做的，那把鐮刀也是祂指使我的幾個獨眼兄弟鑄造的。想當初要不是我那麼一割，天與地到現在仍緊緊相連，我跟我的兄弟姊妹們都出不了世，哪還有你這個小王八蛋和你身邊那群混蛋叛徒們活動的空間！天父挨那麼一刀後，龐大的身軀往上退卻，天地這才分離，產生無垠的虛空，時間也從此開始流動。而祂無窮無盡的體液，再沒有管道可以直接宣洩進地母的幽處，於是轉化為雨水，滋養了地表，化生出萬物。祂掉落大海的陰莖所淌出的精液與浪花結合，變現出愛神愛芙羅黛蒂，萬物才具有繁衍的動力。我那一割，割出了天與地、時與空、生與死、愛與慾，功業大極，我不為王，誰配為王？你這混帳東西，究竟何德何能，憑甚麼來推翻我？」

「善與惡，是與非，秩序與正義，我的爹爹。當大地母神蓋婭高舉鐮刀，號令您們兄弟姊妹進行『驚天一割』時，您真能預料到那一割的後果嗎？您接下鐮刀的那一剎那，心裡想著的究竟是困在母體內無法出世的眾生，還是自己高坐在王座上志得意滿的笑容？把天空烏拉諾斯的陰莖丟棄在海底，難道您真的是要化育出愛神來繁衍萬物，或者僅僅是勝利者的耀武揚威？最不可原諒的是，您既然已經是宇宙的王了，為何要活活吞食自己初生的嬰兒，還一個接一個，永不饜足？若非祖母蓋婭和母親麗雅最後用一塊石頭騙您說那是剛出生的我，而我長大後又用計策讓你吐出吞進肚子裡去的親生子女，我們幾個手足直到現在，勢必都還會困在您貪婪的肥肚子裡。」

「哼！是非善惡只不過是為了統治愚蠢人類所編織出來的神話，秩序正義也僅僅是用來做為規範處罰他們的藉口，只有最具力量、最擅於權謀者，才能統治天下。你身為神族，不明白這麼粗淺的道理，卻像卑賤愚痴的人類一般，喃喃發著是非善惡的囈語，唧唧說著秩序正義的夢話，真教整個神族蒙羞。而且你也不用惺惺作態，大唱高調。你要推翻我，不只是在挾怨報復，更是為了謀奪權位，難道不是嗎？只不過你竟然利用這樣的藉口，未免太過荒唐了。」

宙斯待要辯解，無奈被老子直揭瘡疤，一時詞窮，正感躊躇，另一個轟隆聲響起：「克羅諾斯王，別來無恙，微臣向您請安來著。」

克羅諾斯不聽則已，一聽之下，不禁怒從心上起，惡向膽邊生，狠跺下腳，天地為之震動，又厲聲罵道：「普羅米修斯，你這個寡廉鮮恥的大叛徒，我一向待你不薄，還尊奉你為軍師，你竟然搞出窩裡反的爛戲碼，投靠宙斯那廝，這到底是為了甚麼？」

「善與惡，是與非，秩序與正義，啟稟我的王。」

克羅諾斯先是一怔，隨即轉怒為喜，哈哈笑說：「怎麼連你也相信這套鬼話？原來你得了失心瘋，難怪會去投靠勢單力孤、毫無勝算的宙斯。」

「吾王陛下，請聽微臣道來。唔……世界本為一片虛無，因機緣巧合或不可知的力量，從虛無中化現出渾沌卡歐斯。卡歐斯是介於實有與虛無之間的狀態，經不可量度的時間，歷無量阿僧祇劫，融合成大地母神蓋婭和地獄魔君塔爾斯，那便不折不扣屬於實有了。此外，卡歐斯又變現出情慾神愛樂思、夜神妮克絲，以及黑暗神耶瑞柏斯。蓋婭經由無性生殖，分裂出與之相對的天空烏拉諾斯、水神龐多斯，以及山神烏瑞亞，這世界也就有了陰陽之分與剛柔之別。在情慾神愛樂思的催動下，烏拉諾斯與蓋婭進行不間斷、無休止的交合，孕育出包括泰坦族在內的眾多神族，妮克絲也和耶瑞柏斯生下光明神艾鐵、晝神荷梅蕾，還有冥河擺渡者卡戎。男女神交合生育這檔子事，開啟了有性生殖，使得後代有機會產生變異，屬性上不再只是父母的複製。起初天地密不可分，眾神出不了世……」

「普羅米修斯，」克羅諾斯甚不耐煩，插嘴說：「我是你的叔叔，宇宙的主宰，眾神的帝王，在你還沒入胎前就很清楚我們的家譜了。如果你說這些只是想要拖延時間的話，那完全無濟於事，因為不會有任何奇蹟出現來拯救你們的，現在就面對殘酷的命運吧！」

「且慢！請陛下耐心聽微臣說完，要不了多久的。」

「哼！你就一鼓作氣，快快把屁放完。」

「烏拉諾斯是生命的創造者，打從一開始，祂最大的作用，就是將自己的體液不停地注入蓋婭的幽處，而祂與蓋婭所孕育出的初代神祇，便是各式各樣的自然力。您閹了祂，產生空間，讓自然力得以釋放，這是您最偉大的貢獻，但您的價值恐怕也僅止於此了。您閹父逆天，得位不正，遭到老天爺烏拉諾斯惡毒的詛咒，然而這純粹是您父子之間的私事，且不去提它。更可恨的是，您獨斷暴虐，殘民以逞，因此朝綱不振，王治難久，這是無法挽回的宿命。您再想想看，為何我們創造出來的人類和萬物都問題重重、難以長久生存呢？我後來想通了，問題的根源不在於他們，而在於我們。如果我們所擁有的自然力毫不受約束，我們創造出來的生物就不會有任何機會倖存。嗯，您原本毫無倫常觀念，只一味地執迷於力量，方才卻藉著蔑稱我的父母為龜狗來汙辱我，這不正說明在您的內心深處，也隱隱感覺到必須有所改變嗎？宙斯代表宇宙的新秩序，祂將帶領眾神，建構一整套自然界的法則與人世間的律法，包括神與神、人與人、神與人之間的倫常關係，好讓一切步入常軌，如此一來，神、人與萬物才能夠真正地繁衍生息，這世界才得以真正地長治久安。克羅諾斯王，您已經過氣該退位了，宙斯將會取代您，正如同您取代烏拉諾斯一樣。時代必須進步，適者方可生存，這是我從您腳底下被踩扁的那個人類所得到的啟示，因此我決意加入宙斯的陣營。」

「你這段話倒挺新鮮的，不過，普羅米修斯，你跟宙斯一樣，讓整個神族蒙羞，完全枉費你『先見神』的美名。你竟然向無知無識的人類學習，然後在此妖言惑眾，說甚麼我已經過氣，應該退位，這根本是一派胡言！」克羅諾斯說得咬牙切齒，氣得腿毛直豎。

「陛下，請您仔細想想，宙斯陣營原本勢單力薄，而號令天下、宰制寰宇的您，卻始終消滅不了祂們，現在愈來愈多的神祇轉而支持宙斯，雙方軍力此消彼長，對您來說，這仗是愈來愈難打了，您又怎能穩操勝券呢？」

「甚麼穩操勝券？我還穩操你的頭咧！宙斯這廝陰險狡詐，我起初只想把祂塞在肚裡，根本沒把祂放在眼裡，才不小心著了祂幾次道兒，讓祂苟延殘喘到現在。眾神倒戈是因為受到你這叛徒的蠱惑，等我把你倆打入無間地獄、永世不得超生後，祂們還不是會乖乖地歸順。哼！我連天王老子的那話兒都割得下來，難道還對付不了你們這幾個小王八蛋嗎？哈哈哈……哈哈哈……」克羅諾斯縱情大笑，直笑得天旋地轉，星辰隕落。

「唉……」一聲幽嘆從奧林帕斯山頂傳出，雖極輕極細，卻足以壓制住梟雄的狂笑。

克羅諾斯乍聞嘆息，猛吃一驚，一顆心噗通噗通狂跳，急急高喊：「麗雅，喔，麗雅，我終於又聽到妳的聲音了，妳跟我說說話好嗎？就算是怪我罵我也好，只要能聽到妳的聲音，我就會感到無比地快活。我真的、真的很想妳呀，麗雅。」說到後頭，已是語帶哽咽。

那輕柔的聲音再次響起：「喔，小克，其實不在你身邊的這些日子，我不斷想起我們還在媽媽肚子裡緊緊依偎在一起的情景，還有我們剛出到這世間的時候，一齊探索宇宙的奧妙，一齊創造萬事萬物，那是我最甜美、最難忘的一段時光。可是……可是後來你完全變了……」

「不不不，我完全沒變，麗雅。若說我愛妳的心有任何變化的話，那就是與日俱增、愈來愈深，難道妳一點兒也感覺不出來嗎？妳是我患難與共的妻子，我永遠親愛妳，又是我同胞所生的姊姊，我始終尊敬妳，一心一意都在妳身上，連正眼也不曾看過別的女子一眼，跟我們風流成性的兒子宙斯完全不同。」

「你三番兩次毀滅世界，殺光所有生物。唉，不管它們是好是壞，總是我們一齊親手創造的呀，你怎麼忍心破壞這一切呢？而且你不計手段要保有權勢，因為擔心天父的詛咒成真，遭親生兒子篡位，所以不管我傷心欲絕，苦苦哀求，竟然一個接一個吞下自己剛出生的嬰孩，我們情愛的結晶……」

「我就是因為太愛妳，所以才容不下一丁點兒的不完美。我要為妳建構最完美、毫無瑕疵的世界，才會一再地摧毀世界，從頭做起，不然我何必那麼勞累呢？我處心積慮鞏固眾神之王的王位，也是為了榮耀妳，並且讓妳獲得最堅實的保障，過上最美好的生活，不然我怎麼配得上妳、當妳的夫婿呢？」

「小克，這些都不是我要的。我只想跟你在一起，無憂無慮地過日子，生一堆小孩，創造屬於我們倆的天地，這就是我心目中最完美的生活。你不要當王了，小克，誰要當王，你就讓給祂，選個最遙遠的星星，我們遠走高飛吧！」

「我的仇家太多，如今就算我百般願意聽妳的話，祂們一定不會放過我的。即使貴為眾神之王，也有『神處天地，身不由己』的無奈啊！」

「讓宙斯當王吧，祂是我們的兒子，也是你唯一沒吞食的小孩，祂一定會保護我們的。」

「知子莫若父，宙斯狼子野心，我最忌憚的其實就是祂。」

「你剛剛才說就算我怪你罵你，只要聽到我的聲音就會感到無比快活，現在你根本聽不進去我的話，藉口一大堆，連自己的親生兒子也不信任。難道祂會那麼狠心，也把你吞到肚子裡去嗎？你口口聲聲說有多麼愛我，其實你最愛的只是權位。我們就到此為止，已經沒有甚麼好再說的了。」

克羅諾斯急了，大喊：「好好好，我聽妳的，等我擺平宙斯、懲罰叛徒後，就立刻退位，帶妳遠走高飛。麗雅，妳說話呀，妳怎麼又不理我了……不理我了……」但麗雅從此沒再吭聲，任憑克羅諾斯當著眾神的面苦苦哀嚎。

克羅諾斯懇求不成，惱羞成怒，殺氣騰騰地厲聲說道：「好，既然妳無情，那就休怪我無義。放出來！」其身後泰坦諸神聞言，個個臉現驚惶，忙不迭地全退到兩旁去，有幾個太過慌張，竟然摔得四腳朝天。能讓這群凶神惡煞聞風喪膽的，也不知是怎樣的怪物。

第二章　諸神大戰

「聽，那是甚麼聲音？」奧林帕斯山頂宮殿裡的眾神全豎起耳朵，屏氣凝神。祂們聽到的是最悲淒的幽嘆，最無助的呻吟，最慘厲的哀嚎，最狂暴的嘶喊，是所有叛徒與遭背叛者、施虐者與被虐者、行刑者與受刑者、掠食者與獵物的幽魂，共同發出的只有地獄極底層才會有的聲響，此刻卻出現在絕對光明與全然黑暗的交界處，猛烈襲擊奧林帕斯眾神的聽覺神經。緊摀住雙耳也無濟於事，那聲音會從表皮毛細孔直鑽進心靈的極深處，勾去你的魂，奪走你的魄，震撼你的心房，摧毀你的意志。

可憐的眾神，個個驚慌失措，全變成飛禽走獸，滿殿裡狂衝亂撞，一心一意只想逃之夭夭，恨不得眼前就有娘胎可鑽進去，任憑接生婆怎麼拉、如何扯，也不願再出世，其中有些不禁懷念起在克羅諾斯便便大腹中食來張口、無驚無險的悠哉歲月。宙斯身為奧林帕斯眾神之首，畢竟是喝羊奶長大的，情急之下變成了一頭青壯公山羊，「咩」了一聲，正要往窗外跳去，卻被普羅米修斯疾趕上去扯住犄角。

「主公，千萬別走！您就帶點兒種，給您的膿包兄弟姊妹們做個好榜樣吧，否則大敵當前，不戰而潰還像話嗎？虧我剛剛還把您吹捧上了天哩！難道您忘了我們還握有兩張致勝的王牌？」

宙斯嚇得魂飛魄散，根本聽不進勸告，一逕猛力甩頭，想擺脫掌握。普羅米修斯情急之下，順反手賞了山羊兩耳刮子。宙斯驀然回過神來，恢復本相，撫著臉頰喃喃說道：「是啊！致勝的王牌，兩張，我們還有的。」祂嘴裡語無倫次，心裡卻很順溜地罵道：「普羅米修斯你這臭小子，竟敢甩我耳光！我不得天下則已，若得天下，準教你肝腸寸斷，生不如死。」

普羅米修斯見宙斯目露凶光，暗忖：「所謂『玉不琢，不成器；人不學，不知義；羊崽子不揍，放不出屁』，這廝總算教我給打出些鬥志來，當真軍師難為呀！」

「那是何方妖魔鬼怪，怎光是聲音便駭神聽聞呢？」宙斯奇道。

普羅米修斯答說：「我亦不知，待我觀來。」一干君臣佐輔、蟲魚鳥獸兀自惴慄惶恐，都躡手躡腳、推推拖拖地跟在普羅米修斯後頭出了宮殿，目光歪歪斜斜、斷斷續續地射往聲音來向。

只見充天塞地、黑不透光的一大團物事，聳立於克羅諾斯後方，再仔細打量，才看明白那玩意兒乃是盤成一團的烏鱗巨蟒，算算竟生有一百個頭，每個頭還奇形怪狀，絕不相同，卻一律生有烈焰似的火眼金睛，和猛吐黑氣的血盆大口，百張大口中還不斷發出各種教眾神心膽俱裂的怪吼。方才光聽聲音就已魂飛魄散了，此刻親睹這怪物如此凶樣，奧林帕斯眾神竟嚇得腿子痠軟，連逃命的勇氣也沒剩下一星半點。

「太神奇了，真是太神奇了！」普羅米修斯卻不住地讚嘆。

「甚麼？」宙斯萬分訝異地問道。

普羅米修斯頭也不回地應道：「這妖怪真是神奇呀！祂姿態多變，千奇百怪，著實匪夷所思。這一版本的最後一個人類老達爾文曾批評說，眾神缺乏造物的創意，這妖怪恰恰是個反證，可惜老達爾文已經看不到了，唉！」

「我的好堂兄，現在都甚麼節骨眼兒了，你竟然還有閒情逸致為死人感傷？我們現在的處境真應了某一版本的人類的一句俗話：『泥菩薩過江，自身難保。』不如先救救自己吧！」宙斯不悅地說道。

「是的，主公。」普羅米修斯清清喉嚨，氣沉丹田，朗聲說道：「敢問克羅諾斯王，您這怪物是打哪兒弄來的？」

克羅諾斯臉現得色，說道：「嘿！不是我愛提，不過當年要不是我割下天父烏拉諾斯的……」

「夠了！夠了！說句老實話，我就是因為聽膩你閹割自己老子的故事，才決定投奔宙斯的，請別再說了，好嗎？」

克羅諾斯從沒見過普羅米修斯發火，這時有些不知所措，過了半晌，才囁嚅說道：「祂……祂的精液和浪花結合成愛神愛芙羅黛蒂，擁有世間最折磨眾生的力量——情慾。我命令愛芙羅黛蒂撮合大地母神蓋婭和地獄魔君塔爾斯，這老倆口子的交合，匯聚了幽冥世界的所有怨氣和怒意，以及大自然狂暴的破壞力，然後生下最可怕的黑暗勢力——颱風怪……」

宙斯這時插嘴說：「老爸，您是說您幫自己的老娘找姘頭啊！笑死我了，哈哈哈……」祂方才大受嘲笑，此刻逮著機會，趕緊反脣相譏。

「閉嘴，混帳東西，別忘了我的娘是你祖母。」克羅諾斯罵道。

宙斯沒討到口頭上的便宜，嘿嘿乾笑幾聲，顯得有些尷尬，不好再言語，只低下頭去摳弄手指，完全是沒事找事做。

普羅米修斯見狀，怕餒了士氣，於是高聲說道：「頭多意見多，無足行不得，這颱風怪雖然異常龐大，恐怕中看不中用。」

「忒中用，忒中用，不信就教祂每個頭分別吃你一口，吞到肚子裡後再拉出來，還能拼出一個完整的你來。」克羅諾斯回說。

普羅米修斯道：「嘿，微臣這身骨頭拆散開後，恐怕很難拼湊回原樣，所以就敬謝不敏了。」

克羅諾斯突然臉色一沉，喝道：「少耍嘴皮子，納命來吧！」手一揚，那巨怪便迅捷無倫地蠕動前行，碩大的身軀居然把底圍甚廣的奧林帕斯山給團團圍住，又揚起百頭，怒視山頂眾神。

這下子變生肘腋，普羅米修斯急傳號令：「阿瑞斯，快，快吹號角。」回頭張望一個相貌堂堂、戴盔披甲的魁梧大漢，卻見祂手腳發顫，拿著長號，茫然痴呆，渾不知所措。

普羅米修斯厲聲喊道：「阿瑞斯，你再不吹號角，我們從此全都要在那妖怪肚子裡掛單了，快吹啊！」

那大漢阿瑞斯將號角湊到嘴邊，勉力吹了幾下，卻是喑啞嗚咽、不成聲調。這當兒突然閃出一名健美女將，搶過長號，鼓起香腮，嗚嘟嘟地直吹得山鳴谷應，風起雲湧。

普羅米修斯讚道：「雅典娜，好樣的，不愧是……」話猶未已，漫天飛來無數巨石，齊向那妖怪身上招呼，轉瞬之間，便將祂埋在石堆裡，悄無動靜。

宙斯嘻嘻笑說：「剛說這怪物個大無用，果然不禁打，才幾塊石頭就讓祂了帳了。我的爹爹啊，您還有啥本事，儘管使出來吧！」

克羅諾斯原自詫異石頭從何飛來，聞得此言，嘿嘿冷笑幾聲，忽然又是一陣巨石亂迸，這會兒卻是從颱風怪埋身處向四周激射而出。只聽得呼天搶地、哀爹哭娘的聲浪此起彼落，雙方陣營裡閃躲不及被飛石砸中的眾神全倒臥在地，呻吟不已。神祇乃不死之軀，雖受重傷，卻要不了命，復原過程既痛楚又麻癢，委實難當。凡人多渴求永生，殊不知眾神有時萬般豔羨凡人能得個快死，省卻無窮無盡的折磨。

那妖怪奮力脫困而出，仰起百頭，向天狂嘯。眾神禁受不住其開天裂地的聲勢，踉踉蹌蹌站立不住，紛紛摔倒。這時疾奔過來三個粉紅巨人，不由分說，便與颱風怪扭打起來。巨人體型雖遠遠不及颱風怪龐大，卻讓泰坦族顯得如同侏儒一般，最怪異的是其肩膀、脅下與前後胸，長滿粗壯的手臂，每個巨人都擁有百隻，方才正是這三百隻手臂同時扔擲巨石。

克羅諾斯這一驚非同小可，不及起身，還坐在地上，急往腰間摸去，卻摸了個空，不由得背脊生涼，顫聲道：「鑰……鑰……我的鑰匙呢？」

宙斯陣營裡一員頭戴羽翼沖天冠、手握靈蛇纏絲棒的青年將領直起身子，拂去身上塵灰，笑說：「爺爺啊，是孫兒向您借來用用的，相信您大神大量，一定不會跟自己的孫子計較，對吧？」

克羅諾斯怒極，大罵說：「奧林帕斯山是個超級大賊窩，宙斯你這個大賊頭，生出漢密斯這個小毛賊，竟敢偷走我的鑰匙，放出百手族和……和……」祂一向膽大妄為，此刻居然驚恐得連話都說不完整。

真正使祂魂飛魄散的並非眼前的百手族，而是連天父烏拉諾斯都深為忌憚的三個大魔怪，也不知那三魔是否也脫逃而出，祂於是試探性地問道：「我不是把祂們全鎖在地獄的最深處，並要地獄魔君塔爾斯親自嚴加看管嗎？你就算偷走我的鑰匙，又怎能過得了塔爾斯那一關呢？」

漢密斯回說：「爺爺啊，您陰錯陽差，可幫了孫子一個大忙，否則號稱『神偷老祖』的我，這回還真要大栽跟頭了哩！」

「此話怎講？」

漢密斯眉毛一挑，賊嘻嘻笑說：「我摸進地獄時，碰巧塔爾斯正與蓋婭銷魂快活，到了物我兩忘的緊要關頭。可惜我手上這根寶貝棒子只能排難解紛、點石成金，比不上您的鐮刀可以斬莖斷根、割天毀地，不然我也趁機把塔爾斯給閹了，從此自個兒稱孤道寡，在冥府為王，豈不逍遙自在？我一直納悶，這兩老究竟是怎麼勾搭上的，剛剛才得知，原來是您這位孝子拉的皮條，不但爽了祂們，還方便了我，孫兒著實感恩不盡。」

克羅諾斯懊悔不迭，自怨為了鏟除敵人，反倒給予對方可乘之機，瞧颮風怪的一百顆頭對抗百手族的三百隻手，似乎還穩占上風，但那三魔若也相助宙斯，勝負可就難說得很了，不如趁祂們尚未出現，先快刀斬亂麻，一舉擊潰叛軍再說。祂是個大梟雄，縱有千般不是，然而勇毅果敢，斷事明快，世無所匹。

祂轉身對部眾高宣：「神軍聽令：克利奧斯與姆內摩修尼率森林神、樹妖、花仙、草精等攻東峰；

歐開諾斯與特提斯率海神、河神、湖神、龍族等攻南峰；希培利溫與特雅率岩魔、山精、石怪、土地神等攻西峰；科歐斯與佛碧率風族、雲族、雨族、霧族、冰族、雪族等攻北峰；亞培特斯與泰美絲率火族、煙族與其餘部族固守中軍，做為各路後援，並嚴防敵軍埋伏。先登頂者，封奧林帕斯山主，取宙斯首級者為右翼王，取普羅米修斯首級者為左翼王，與我共享富貴。此為決戰，只准進不准退，臨陣怯戰者，受重罰。第一輪鼓響，傳發軍令；第二輪鼓響，集結部隊；第三輪鼓響，前進殲敵。」說完便握拳往自己大肚皮擂去，直擂得「咚咚咚」大作其聲。

肚皮鼓聲初響，眾路首領立即奔去分撥調度，眾軍士亦摩拳擦掌，狂呼猛吼，鬧騰一片，但鼓聲乍停，立即鴉雀無聲；第二輪鼓起，諸部開始集結布陣，又是紛亂一團；第三輪是一陣急鼓，四路軍隊聞聲齊發吶喊，分進合擊奧林帕斯山。

起初天父地母不斷生殖，化育出包括泰坦族在內的無數神魔精怪，但天地緊密相連，眾神困於蓋婭體內，如蝶在蛹，痛苦萬分。待克羅諾斯那一割，將烏拉諾斯送上天界去，眾生方得出世，為感念克羅諾斯的「割功送德」，於是擁立祂為王。泰坦族一神得道，雞犬升天，自此得勢，此刻領軍的十名將領，皆為克羅諾斯屬性相近、外貌相似的兄姊。第一代泰坦十二神自相婚配交合，又繁衍出眾多後代來，普羅米修斯即為泰坦二代神中的佼佼者。亞培特斯與泰美絲是普羅米修斯的父母，克羅諾斯擔心祂們偏坦兒子，又或者怨怪自己方才辱稱祂們為龜狗，因此命祂倆留守中軍，不去攻頂。

這時宙斯見到百手族在與颱風怪的惡鬥中屈居下風，而敵軍亂中有序，如狂潮般湧至，不禁憂心忡忡，喃喃嚷道：「怎麼辦？怎麼辦？」普羅米修斯面色凝重，並不言語。

宙斯心想：「雙方自開戰以來，我軍一向寡不敵眾，賴謀略奇襲相抗衡；而體型勇力亦不如，仗兵器陷阱以彌補。我們原本居無定所、倏攻疾退、飄忽不定，伸手族*固然對我們束手無策，我們同樣也撼動不了伸手族的根本基業。後來我採納普羅米修斯建議的策略，在奧林帕斯山建立根據地，苦心經營了好長一段時日，召募許多伸手族第二代與各路神祇前來投靠，雖然壯大了我方陣容，但也給予敵軍聚而殲之的機會。唉，我當初做出的決定是正確的嗎？」

宙斯一念至此，不禁嘆道：「凡人遭遇禍殃、徬徨無措時，還有天神可問；天神泥足深陷、心生迷惘時，卻求助無門。這樣子看來，有時反而神不如人了，當真可笑。」

普羅米修斯淡淡回道：「求人不如求己，成敗在此一役。」

宙斯一怔，隨即猛拍大腿說：「好一個『求人不如求己，成敗在此一役』。沒錯，凡事總要做個了結，這場戰爭難不成真要打個天長地久嗎？」

祂雄心頓起，整理裝束，站上高處，高聲說道：「在奧林帕斯山頂的伯叔姑姨、姊妹兄弟們，也許你們現在雙腿顫抖得如同風中的枯葉，心臟跳動得響過震天的戰鼓，但是請相信我，我也跟各位一樣感到無比恐懼，因為我們都很清楚，自己面對的是怎樣的敵人——從來不知道甚麼叫做慈悲的克羅諾斯。

*「泰坦」的原意為「伸出」，後來引申為「巨大」。烏拉諾斯遭閹後，怒稱克羅諾斯與協助祂的兄姊們為泰坦族，因為祂們居然膽敢把手伸到自己胯下，後來宙斯就用「伸手族」來稱呼祂們，以表示輕蔑。

想想看祂是怎麼對待自己的父親、兄弟、子女，以及廣大無辜的生靈，更別提跟祂作對的敵人了。」

祂頓了頓又說：「此時伸手族的軍隊就像怒海狂濤般從四面八方湧來，再過片刻，祂們濁重腥臭的氣息，就會侵入我們的口鼻；狺狺如瘋狗的喊叫聲，將鑽進我們的耳道；森森獠牙所反射的光芒，也將刺痛我們的眼睛；毒手更會迫不及待地伸向我們的脖子，就像當初伸向烏拉諾斯的那話兒一樣。據守在奧林帕斯山頂的我們已經毫無退路了，除了光榮的勝利以及永世的折磨外，完全沒有別的選擇。我們是神，奇蹟要靠自己挺身創造，不能像凡人般跪地祈禱。克羅諾斯——我的父親，宇宙的王——嚴厲指控我們是無恥的叛徒，正率領大軍前來興師問罪。是的，我們確實是叛徒——為了慈悲而背叛殘暴，為了正義而唾棄邪惡，為了秩序而遠離混亂，為了光明而躲避黑暗。然而，不管過去我們是基於何等神聖的理由奮戰，但是，此時此刻，我最親愛的伯叔姑姨、姊妹兄弟們，請拋棄恐懼，為了你自己而勇敢戰鬥吧！」

先前出糗的阿瑞斯這會兒十分湊趣，擎著長槍，扯開喉嚨高呼：「戰鬥，戰鬥，戰鬥……」眾神也加入齊聲吶喊，聲浪之大，居然壓過泰坦軍的狂吼，不過那群凶神惡煞的攻勢卻未因此停頓，反倒爭先恐後地搶上峰來。宙斯眼見此時士氣大受鼓舞，於是傳命四個手足分別領軍陣守四方雲門，自與妻子希拉、眾子女、軍師普羅米修斯等神，留駐峰巔的最後防線，心裡卻十分明白，這純係拖延時間而已，以等待最後一張王牌翻出，因此左手扣住右腕，背負於身後，只低頭沉吟，並不留心戰局。

兩軍果真戰得鬼哭神號，打得山崩地裂。起初奧林帕斯軍仗著一時的血脈賁張，與工藝神赫菲斯托斯所設下的屏障，尚可力抗泰坦大軍，但逐漸支撐不住。過了不知多久，一個女神衣衫破爛、赤足散髮地奔上峰頂來，急向宙斯面報：「不好了，南峰情勢危急，主將狄蜜特雖然仍在抵抗，但泰坦軍恐怕就要破門而入了！」這話才說完，宙斯分守東、西峰雲門的兩個兄弟波塞頓與黑地斯，同時率領殘兵敗將負傷而至，看來這兩路已經棄守，不如農業女神狄蜜特和爐灶女神赫斯提雅堅持得久。

阿瑞斯搶出來對宙斯說：「父親大人，您且進到殿裡歇息，孩兒們會在外頭守護，寸步不離，肯定不讓賊兵驚動到您。」

宙斯說：「虧你有這份孝心，我想也只能這樣子了。」說完轉身，正要邁步進殿，忽然一個黑壓壓的物事疾飛而至，砸向這對父子站立處。阿瑞斯不及細想，連忙就地滾開去，直嚇出一身冷汗，俯臥在地、不住發抖。其餘眾神離得遠了，趕不及救援，連出聲示警也慌得忘了，只有工藝神赫菲斯托斯飛撲過來猛撞開宙斯，緊接著便聽見祂發出淒厲至極的慘叫。眾神回過神來，卻見那飛來的物事硬生生把赫菲斯托斯的一條腿子給扭下，跟身體其他部位分了家，頓時鮮血狂噴，再仔細觀瞧，那還緊抓住血腿的物事，赫然是隻粗壯異常的石臂。赫菲斯托斯雖然手藝精巧，但生得黝黑醜陋，又畏畏縮縮、口齒笨拙，宙斯一向不喜歡這個看來最不順眼的兒子，此時竟是祂捨身救父。

眾神呆若木雞，不知所措，忽聽得遠遠傳來一陣咆哮：「赫菲斯托斯你這王八羔子，壞了大爺的好事，待會兒我解決宙斯後，一定把你一塊一塊扯得稀爛。」發話的是石怪，祂為了搶占頭功，不惜扯斷自己一條胳臂偷襲宙斯，想一舉扭下祂的腦袋瓜子，眼見就要得手，卻教赫菲斯托斯給壞了事。石怪恨恨說完，發聲喊便急衝過來，其餘泰坦軍怕真讓祂獨占鰲首，也匆匆跟上。奧林帕斯陣營裡，以阿波羅和阿緹密斯兩孿生兄妹的箭術最為精絕，急發連環箭射住陣腳，雅典娜也反覆拋出長矛，協力逼退進犯的敵軍。

泰坦軍成員大多是天父地母所生的第一代神祇，本身即具備可驚可怖的強猛力量，因此既不需要、更不屑於使用任何加工過的武器。奧林帕斯軍成員則主要是第二、三代神祇，勇力一代不如一代，遠遜於父祖輩，智計手藝卻大有過之，設計製造出的一些武器與甲冑適可補己之短，但又不及後世人類兵器的多樣與精巧，饒是如此，已讓泰坦軍吃足苦頭了。

這時四路泰坦軍都已攻破雲門防線，而奧林帕斯守軍若非逃匿或遭擒，便是退入宮殿裡，兩軍對峙於峰頂處，一方既不敢冒進，另一方亦無力突圍，泰坦軍久攻不下，不免大感焦躁。兩軍其實系出同源，奧林帕斯軍成員幾乎都是泰坦軍的子孫，而且克羅諾斯王的愛妻麗雅也在其中，由於投鼠忌器，泰坦軍攻來不免縛手縛腳，於是四路八將緊急會商，終於研擬出進攻方略，並傳下密令。一干土石林木諸神得令後，奮力築起一道環形高牆，把奧林帕斯宮圍得密不透風。

奧林帕斯眾神莫明所以，睡神許普諾斯笑說：「難不成要蓋座高空監獄？這可好，大家就統統耗在這兒吧，等我先打個百萬年的盹兒再說。」

其弟夢神奧涅伊諾斯緊接著說：「好啊，你睡覺，我做夢，相得益彰。」

阿瑞斯向來垂涎愛神美色，嘆道：「要是愛芙羅黛蒂也在這裡，就算關我永生永世，自也心甘情願。」接著眾神輪流陳述要如何打發漫漫歲月。

雅典娜斥道：「夠了！克羅諾斯不會這麼便宜我們的，祂一定有甚麼詭計，大家要小心提防。」

阿瑞斯對雅典娜素懷嫉恨，聞言冷冷地說：「真是高見，佩服佩服！不過妳倒說說看克羅諾斯有甚麼詭計，大家要提防些甚麼。」

雅典娜一時語塞，答不上來。阿瑞斯輕蔑地斜睨祂一眼，陰惻惻地笑著，狀甚得意。大夥兒其實相當明瞭雅典娜所言非虛，頓時靜默下來，只聽見颱風怪與百手族的惡戰仍熾，不過那三兄弟發出的聲音，多半是淒厲的哀嚎。

突然滴滴答答的聲音起自屋頂，而且愈來愈急，愈來愈響。某神驚道：「怪怪！下雨了！」一來奧林帕斯山頂高於雲霧，再者雨神屬於另一陣營，所以此峰之頂自亙古以來，從未受過雨水滋潤，眾神是以聞雨驚心。雨勢一發不可收拾，似乎各路水神同時倒水一般，須臾積水已漫過膝蓋。

「奇了，難道克羅諾斯想淹沒咱們？咱們變成魚蝦等水族，不就解決了嗎？實在猜不透祂們在鬧甚麼玄虛。」眾神心裡這麼想，不約而同望向普羅米修斯。祂自兩軍短兵相接以來，就未曾開過口，但神情平和，不似宙斯眉頭深鎖。水位片刻之間已淹過胸口，眾神待要使弄神通，卻又想變個與眾不同、別出心裁的玩意兒來，還在費神思索時，一陣寒氣猛然襲來，積水立即化為堅冰，將眾神困在冰裡，無法動彈。第三版本的人類，正因突如其來的酷寒而滅絕，奧林帕斯眾神渾沒料到，自己或將遭遇同樣命運，只不過死不了也活不成，處境更加艱險尷尬。

「砰」一聲巨響，石怪猛力踹破宮殿圍牆率先躍了進來，一眼瞥見宙斯，急衝過去，伸手便要把祂露在冰外的腦袋瓜兒硬生生拔下，卻被隨後趕上來的袍澤撲倒。堅冰滑溜，石怪收勢不住，居然撞破另一側的宮殿圍牆，滑了出去，直滾到山腳下。泰坦眾神為了搶奪首功，頓時相互打得不可開交，出手比對抗叛軍還要狠辣許多，絲毫不留情面。奧林帕斯眾神飽受池魚之殃，被踢撞得鼻青臉腫，面目全非。

突然，一陣從未有過的巨大響聲與劇烈震動讓眾神罷戰，再魯鈍的也能察覺到整座奧林帕斯山似乎正在急速下降。泰坦諸神紛紛探頭往外張望，發現立足之處果真是飛快地遠離天頂，不禁嚇得心膽俱寒。祂們方才打得你死我活，此刻顫慄惶恐、緊緊相擁，不知前途如何。

第三章　獨眼巨靈

奧林帕斯山足足下墜了九天九夜，底部才重重落在地獄的最深處，無比猛烈的撞擊，把山頂的泰坦軍震得四處飛濺，許多嵌在蒼穹上不停地掙扎，化為明滅不定的繁星。奧林帕斯眾神因禍得福，由於先前被困在堅冰裡動彈不得，反而得到良好的保護，只是冰塊碎裂流散，在陸地上形成緩緩移動的冰河，部分噴濺至海洋，成為四處漂浮的冰山。

奧林帕斯眾神雖無大恙，但摔得七葷八素，待清醒過來才發現，原本居住的參天巨峰，已淪為低矮小山（以神的尺度來看），更不得了的是，颱風怪已制伏了百手族，兩百隻火眼金睛正逼視過來。這怪體型原就充天塞地，此時由下仰望之，更覺碩大無朋，似乎無邊無際。奧林帕斯眾神怕得忘記甚麼是害怕，只呆立不動，一整個茫然。

克羅諾斯在奧林帕斯眾神堆裡一眼就瞥見麗雅，半求懇半威嚇地說：「麗雅，我的親親好老婆，快回到我的身邊來吧，不然颱風怪待會兒就要把你們統統吃掉。」

麗雅低頭默不做聲。

克羅諾斯見祂如此決絕模樣，情知多言無益，於是將心一橫，一咬牙，仰頭厲聲高呼：「颱風怪，我以宇宙之王的身分命令你，把這些叛徒全部吞食入腹，一個都不許留。」颱風怪得令，抖擻精神，身子猛然豎直起來，其中一顆腦袋瓜兒，正巧撞上生母蓋婭前夫烏拉諾斯的斷根處，該處舊傷破裂，頓時颳起狂暴腥風，落下滂沱血雨。颱風怪本就生得猛惡，此時弄得頭頭是血，更顯得猙獰可怖，眼中赤光暴射，百嘴齊張，往奧林帕斯眾神咬來。眾神毫無抵抗之力，只能眼睜睜看著血盆巨口迅速往自己身上罩來。宙斯的同胞手足們忍不住怨怪起宙斯：「早知如此，你當初何必多事，把我們從老子克羅諾斯的肚子裡弄出來呢？」

這時，地面一條巨大的黑暗裂隙間，突然激射出一道耀眼無比的光芒，同時爆發出一聲霹靂巨響。也就這麼一閃，那麼一響，卻見颱風怪的一顆腦袋瓜兒，如同巨大隕石般高速墜落，在地上砸出個大洞，揚起漫天煙塵。那怪又驚又痛，餘下的九十九顆大頭，都朝那條裂隙不住咆哮。眾神全嚇得石化，目光呆滯、動也不動。

過了大半晌，才從那條裂隙當中慢慢伸出一隻巨靈之掌，又探出顆怪異至極的腦袋瓜兒來，其頭頂光禿禿的，連根毛髮也無，顏面上青筋縱橫暴凸，腦門正中央嵌著一隻眼睛，而眼中青焰森森，比颱風怪的火眼金睛更為駭人。當祂環顧四周時，被祂目光掃射到的神祇，只覺渾身如被烈焰燒灼般痛楚難當，心裡頭卻涼颼颼地似遭寒冰所鎮，忍不住要發起寒顫來。

那顆獨眼怪頭剛伸出來，貴為眾神之王的克羅諾斯顫聲說道：「獨……獨……獨……」原本膽大闇天的祂，此刻由於驚嚇過度，居然說不出對方剩下的稱號。

久未開口的普羅米修斯欣然說：「獨眼巨靈族，我等你們很久了，快出來幫幫姪兒們吧！」

這獨眼巨靈族一共有三兄弟，統稱為庫克羅普斯，與百手族赫卡冬克羅三兄弟，同為天父烏拉諾斯和地母蓋婭所生，自然也是第一代泰坦族的親兄弟。渾沌卡歐斯曾預言烏拉諾斯將被親生兒子驅趕下王位，烏拉諾斯以為會如此做的若非獨眼巨靈族，便是百手族，因為祂們的力量甚為可怖，受胎後又極不安分，時時蠢動，所以烏拉諾斯硬是把祂們擠迫到娘胎的最裡面，還不讓所有的胎兒出世，沒想到真正包藏禍心的，其實是狡猾陰沉的小兒子克羅諾斯。

克羅諾斯同樣極度忌憚這兩族的勇力，趁眾神爭相出世時的一團混亂，使了奸計，把祂們誘騙至地獄的最深處，予以禁錮，上了大鎖，鑰匙絕對片刻不離身，如此還不放心，命令地獄魔君塔爾斯親自嚴加看管。一來時日久了，防備逐漸鬆懈，再者與叛軍的戰事煩心，更重要的是愛妻離去，克羅諾斯是以魂不守舍，才會讓漢密斯盜走貼身收藏的鑰匙，放出這六個大魔頭。百手族出師不利，首仗即遭遇匯聚一切黑暗力量、無比強猛的颮風怪，力戰而屈，不過若非祂們出死勁抵擋至今，奧林帕斯眾神早就成為颮風怪的腹中飧了。

先後攀爬出來的三個獨眼巨靈神，一個黑似頑鐵，一個白若霜雪，另一個則黃如初秋之葉，而祂們的身型較百手族還來得壯碩。三巨靈的手裡各自握著一根通體烏黑的棒子，棒子似乎會吸收光能，因此其周圍籠罩著一團銀白光暈，愈接近棒身處，光暈愈明顯，煞是好看。無神知曉黑棒的材質，更不清楚究竟是怎麼打造的，料想方才發出強光與巨響的，應該就是該棒，不由得嘖嘖稱奇，暗自豔羨，也深感畏懼，唯恐自己也挨上一記。

黑皮的那位伸伸懶腰，獨目掃過四周後說：「原來外頭是這個模樣，並不如想像中的美好。」

黃皮的指著颱風怪說：「照理說應該還不至於糟過地獄最深處，只是這個臃腫至極的大塊頭實在太礙眼了。」

白皮的興沖沖道：「那我們還在等甚麼？趕快幫祂瘦瘦身吧！」

颱風怪方才被斬一首，驚怒已甚，此刻見到痛下殺手的正主兒，還聽祂們嫌自己臃腫礙眼，哪裡忍耐得住，餘下的九十九張巨口齊發怒吼，眼中噴出赤焰，身子急劇蠕動，迅疾無倫地撲向獨眼族三兄弟。

獨眼三巨靈心意相通，不疾不徐，覷準目標，把各自手中的黑棒靠攏在一塊，指往颱風怪，棒尖頓時光芒大盛，隨即激射出一枝巨大白箭，箭矢所經，爆裂聲起。眾神摀耳閉目，待睜開眼時，卻見颱風怪的另一顆腦袋瓜子正往自己身上滾來，不禁大為驚駭，急忙連滾帶爬地避了開去，狀極狼狽。

獨眼三巨靈一旦出手，便毫不留情，一道接一道的眩目白箭連環射出，道道都狠擊在颱風怪身上，把原本充天塞地的龐然巨物，給切割得支離破碎，不成原形。颱風怪畢竟是地獄黑暗力量所凝聚而成，勇悍非常，殘缺不全的身軀突然滴溜溜地打轉，颳起一陣極強烈的旋風，逼退三巨靈，隨即疾遁而逝，瞬間沒了蹤影，而祂日後終將再現，為禍人間。這怪還與妖女愛恪德娜生了一堆妖魔鬼怪，包括九頭蛇海卓拉、尼米亞巨獅、守護金蘋果樹的百頭巨龍拉頓、人面獅身獸斯芬克斯、三頭犬克別洛斯、獅頭羊身蛇尾獸克邁拉等等。克邁拉身披鱗甲，口噴烈火，好吃燒烤人肉，為害地方甚劇，後來被騎乘天馬的大英雄貝勒封鏟除，九頭蛇、巨獅與百頭龍據說是給大力神海克力斯殺死，三頭犬則去了地獄當看門狗。凡此種種，皆屬後話，暫且不提。

獨眼巨靈族三兄弟劈走颱風怪後，一齊猛力擂打胸膛、仰天狂嘯，舒發鬱積已久的怒氣，其聲勢之大，怨念之深，連天父烏拉諾斯也要緊摀耳朵，地母蓋婭不禁蜷起身軀。騷亂一陣後，黃膚巨靈臉色突沉，轉向克羅諾斯，目光灼灼，口氣咄咄說：「克羅諾斯，我們究竟做了甚麼，讓你設下如此奸計陷害我們？請你用忘恩負義的狼心狗肺仔細想想，當你在娘胎裡受到欺侮時，是誰挺身而出護著你？我們三兄弟可不曾虧待過你，你說，你老實說，到底是為了甚麼，你要把我們監禁在地獄的最深處？」

克羅諾斯幽幽嘆口氣說：「你們的確不曾虧待過我，反而很照顧我，但重點不是你們曾經做了甚麼，而是將來你們能夠做些甚麼。」

獨眼巨靈族的三隻眼睛相互望了望，交流無限的迷惘。黃膚巨靈說：「你有話就直說，用不著打啞謎。」

克羅諾斯冷哼一聲說：「你們要是不明白我話中含意，往後包管還有你們苦頭吃的哩！」

三巨靈大怒，眼中火焰由青轉白，似乎就要爆發出來，只強自按捺住。黃膚巨靈一目瞭然，瞥見包含漢密斯在內的奧林帕斯眾神簇擁著一神，於是向那神問說：「你應該就是宙斯吧？」

那神恭謹回說：「小可正是宙斯，敢問大神有何賜教？」

「我們三兄弟是你派漢密斯解救的，欠你一份情，將來定會報答。」黃膚巨靈頓了頓，指著克羅諾斯說：「這廝雖然大大虧欠我們，不過祂畢竟是你的老子，要如何處置祂，但憑吩咐。」

宙斯說：「這廝喪盡天良，泯滅神性，不但生吞活吃自己的親生骨肉，竟然還設計陷害像你們這樣英雄蓋世的手足兄弟。我早就與祂恩斷義絕，哪裡還有絲毫父子之情。三位與祂仇深似海，要怎麼對付祂，就請自便吧！」

三巨靈聞言大喜，不約而同舉起棒子，靠在一起，指向克羅諾斯。克羅諾斯方才已見識到棒子的無窮威力，想到自己自開天闢地以來即宰制天下，何等風光，而今卻落得如此下場，不禁淒然一笑，瞑目待戮，卻聽得閃光爆響過後眾神驚呼連連，趕忙睜開雙眼觀瞧，只見魂縈夢繫的愛妻麗雅倒臥身前，渾身焦黑，兩眼正痴望著自己。

克羅諾斯這一驚非同小可，急撲向麗雅，抱著祂的焦軀嘶喊說：「妳為甚麼要這樣子做呢？妳這樣子做只會讓我更加難過，妳可知道嗎？」

麗雅身受重創，勉強擠出一抹笑容說：「你是我的親親小克，我不會讓任何神傷害你的。」

其實麗雅之所以甘願代夫挨受電擊雷劈，固然是出自深情厚愛，也有部分是基於彌補的心理。祂當初拋棄克羅諾斯、投奔宙斯陣營，最主要是因為聽信一個傳聞：克羅諾斯曾變成一匹駿馬，強行玷辱海仙女菲呂拉後揚長而去，其後菲呂拉生下人頭馬身的兒子凱隆，狠心拋棄了這個醜陋怪異的孽種，宙斯得悉該事後，便派遣私生子女阿波羅和阿緹密斯尋獲爹不理、娘不要的凱隆，並收養教導祂。麗雅一聽見漢密斯唱作俱佳、活靈活現的密報，怒不可遏，隨即跟隨漢密斯來到奧林帕斯山，其後靜下心來細細思量，愈想愈覺得該傳聞著實荒誕至極。身為第二代神后的麗雅，原該步第一代神后蓋婭的後塵，也成為多產的豐饒女神，但克羅諾斯權力慾薰心，極度害怕老爸的詛咒成真而遭到子女篡奪王位，不惜壓抑性慾，自亙古以來，跟摯愛的妻子只生了六個子女，還一一予以吞噬，待幼子宙斯誕生，便不再跟麗雅燕好，吐出先前吞下的子女後，更是冷落嬌妻，只一心一意追捕祂們。假使凱隆真是克羅諾斯的兒子，克羅諾斯怎麼可能不對凱隆下口呢？為了滿足性慾而變成飛禽走獸，正是宙斯常幹的勾當，屬於第一代泰坦神族的克羅諾斯自負得很，根本不屑於變身。此外，眾神之王強行玷辱海仙女一事，並非甚麼光榮事跡，理應十分隱密才對，漢密斯卻彷彿耳聞目見一般，不但描繪得鉅細靡遺，甚至還比手畫腳來重現當時場景。況且，宙斯怎麼能在第一時間即得知菲呂拉拋棄私生子呢？當時奧林帕斯陣營戰事告急，武功高強的阿波羅和阿緹密斯不專注於防務，卻耗費了許多心力來養育祂們的「叔叔」凱隆，這也非常不合情理。

一邊是深愛的丈夫，另一邊是愧對的子女，不管真相為何，傷心已是註定的，麗雅也就未曾求證傳聞，而在此時此刻，正當此情此景，更加不敢吐實。不明就裡的克羅諾斯珠淚漣漣，號泣說：「麗雅，哦麗雅，我一敗塗地，已經不是宇宙的王了，再也配妳不上……」

麗雅伸手撫摸克羅諾斯的淚頰說：「傻小子，我才不稀罕甚麼王不王的哩！難道你到現在還不明白，我自天地未分、愛神未生之時，便已對你情根深種了嗎？現在你不當王，那最好不過，再無瑣事煩心，從此我和你的天地裡，就只有我和你。」

「是啊，只要妳不再離開我，要我做甚麼，我都願意。」這對神王神后久別重逢，一逕兒情話綿綿，全然沒把其他神放在眼裡。
獨眼三巨靈原想慢慢折磨克羅諾斯，以洩久鬱之恨，方才一擊未出全力，才教麗雅不至於當場灰飛煙滅。這時瞧祂倆如此光景，覺得再劈克羅諾斯也不是道理，放過祂卻又萬分不甘心，手裡的棒子提起又放、放下又提，左右為難、舉棒不定，只好望向宙斯。
宙斯見狀，心裡起了個計較：「這三隻獨眼怪，個大樣凶，其實優柔寡斷得緊，只是威力著實太過驚神，祂們倘若當真與我為難，我可萬萬抵敵不住，這可怎生是好？唔，暫且放克羅諾斯一馬，討個順水人情，說不定將來派得上用場。」
宙斯心念已決，高聲說：「克羅諾斯所犯下的滔天大罪，大家都清楚得很，不用我再贅述。這次祂傾巢而出，前來攻打我們，還驅策恐怖至極的颱風怪，想要用利牙撕裂我們高貴的身軀，並以胃腸埋葬我們不朽的心靈，其用心之歹毒，手段之狠辣，已遠遠超乎神性。如果我們以其神之道還治其神之身，各位覺得這樣子的懲罰合理嗎？」
有的神高喊：「非常合理。」有的神卻說：「這樣子未免太便宜祂了，要更嚴厲一百倍。」「一百倍哪夠，至少要一萬倍。」「甚麼一萬倍，一百萬倍才勉強足夠……」
「是的，我的伯叔姑姨、姊妹兄弟們，就算再嚴厲百萬倍、億萬倍的懲罰施加在克羅諾斯身上，也並不為過。」宙斯待眾神喧鬧一陣子後接著說。
「但是一旦如此做的話，我們跟祂又有甚麼區別呢？想想看，我們為何要推翻祂暴虐的統治呢？是要以暴易暴？還是要用慈悲代替殘酷，以美善替換醜惡，以正義驅趕偏私，以光明照耀黑暗？」

「這樣說是沒錯啦，但是白白縱放走巨凶元惡，難道就是慈悲，就合乎正義嗎？」

「當然不，我的伯叔姑姨、姊妹兄弟們，適當的懲罰還是必需的。然而懲罰的目的，是為了避免邪惡勢力再度糾結一起，興風作浪、為禍世間，更重要的是為了警惕我們自己，不要犯下同樣的錯誤，並非純粹是報復或洩恨。」

「那麼我們到底應該要怎麼做呢？」

宙斯說：「我打算放逐克羅諾斯到最遙遠的星球去，並且把祂的爪牙黨羽囚禁在地獄裡，當真誠心誠意悔改者，便釋放出來，重新做神。」

受重創後一直倒臥在克羅諾斯懷裡的麗雅，此時勉力支撐起上身，對宙斯說：「宙斯，我的兒，新的眾神之王，我當初為了保全你，千方百計跑到克里特分娩，把你藏在艾該溫的山洞裡，交由阿德拉斯特雅和伊妲這兩位仙女養育；後來為了成就你，我不惜捨棄后位，背叛摯愛的丈夫，投入奧林帕斯的陣營，與你們共同浴血奮戰，今天終於盼到光榮的勝利。你已不再需要我了，如果你真有絲毫憐憫心的話，請把我跟夫君一齊放逐到不見任何神跡的星球去吧！」

麗雅的請求正中宙斯下懷，因為如此應該可讓克羅諾斯安分些，不致冒險潛逃回來，而且省得有位太后凌駕於神王之上。宙斯心裡暗自竊喜，卻臉現悲戚，勉強擠出幾滴眼淚，哽咽說道：「我最最親愛的母親，您雖不曾親自哺育過我，但是阿馬爾特亞的濃郁山羊奶，讓我長得一樣健壯；您雖不曾對我唱過一句搖籃曲，然而為了掩蓋我的啼哭，晝夜不停的慷慨激昂軍歌聲，卻使我睡得更加香甜。現在您當真讓我為難，我剛剛獲得最後的勝利，正想要報答您無邊的恩情時，您卻自請流放到冰寒荒遠的星球去，這教孩兒怎麼能夠忍心答應呢？」

麗雅臉現溫柔神色說：「兒啊！與所愛同在之處即是天堂，竟日價為權位廝殺拚搏的你們，是永遠體會不到這情味的。只要能跟我的夫君廝守在一起，再遙遠的地方，再艱苦的生活，我都甘之如飴，你就成全我們吧！」

宙斯聽得此言，不禁轉頭望向既是妻子也是姊妹的希拉，而祂正盯著自己，目光中透著幾許冷酷，殊無溫暖之意。當初彼此之間，或許有過短暫的款款濃情，卻早已化為鋪天蓋地的猜疑嫉妒，以及無窮無盡的嘮叨指責。宙斯內心深處隱隱羨慕起自己的老子來，覺得爭戰迄今，自己費盡心力終於打下天下，卻還是輸給眼前跪坐在地上的階下囚，當真是諷刺到極點，於是恨恨說道：「好，你們是同命鴛鴦，既然難分難捨，就一同發配到最遙遠、最荒寒的星球去，沒有我的命令，永世不得回來。」

普羅米修斯緊接著搶出來，跪在宙斯面前奏道：「偉大的神王，眾神的主宰，我們今日獲得空前的勝利，假使您認為微臣還有絲毫貢獻的話，請答應我一個卑微的請求：饒恕我的父母和弟弟亞特拉斯，讓祂們免下地獄，何況祂們皆未參與此次進犯奧林帕斯山。」

宙斯扶起普羅米修斯說：「誰都知道要是沒有你的運籌帷幄，奧林帕斯眾神就不會有今日的勝利，但是你為何跟我母親一樣，要在這個節骨眼兒為難我呢？你們根本不讓我品嚐甜美的勝利果實，而是逼迫我立即扛起沉重的負擔。我才宣布最為寬大的處置，你就要我破例饒恕你的親人。誰無爹娘誰無親，如果大家都來懇求我，那麼所有伸手族全都要獲得赦免了。」

普羅米修斯說：「微臣預見奧林帕斯陣營的勝利，但是只有弟弟阿比米修斯隨我投奔您的麾下，如果您一定要施加懲罰以儆效尤的話，那麼微臣願意以此一身，交換父母與弟弟亞特拉斯。」

宙斯說：「唉，你真是固執。我不會讓你下地獄的，但是你可以用功勞來折抵一位親人下地獄的懲罰。就是這樣，再沒得商量了。」

普羅米修斯望向父母與胞弟，滿是痛苦神色，無法做出抉擇。祂的父親亞培特斯說：「普羅米修斯，讓我衷心引以為傲的兒子。身為父親而不聽信自己兒子真誠的忠告，我算是罪有應得，但亞特拉斯完全是因為我，才留在泰坦陣營裡的，祂其實不該下地獄。」

普羅米修斯的母親泰美絲本要發言，宙斯舉起手止住了祂，看了看祂豔麗的面孔與健美的胴體，心裡冒出一個念頭，嘴裡下達處置說：「好，亞培特斯願意認錯，非常之好，堪為伸手族表率，我也就寬大為懷，允許祂獨自下地獄。普羅米修斯的功勞可以折抵祂母親泰美絲的罪過，亞特拉斯則要將功贖罪，今後必須日以繼夜地頂住烏拉諾斯的傷口、天空的破洞，以免血雨再度落下。」

普羅米修斯見此事已無可轉圜，一家終將離散，於是黯然退下，喃喃自語說：「身為先見神的第二大悲哀是，無法預見自己與摯愛親友的命運。」

阿波羅聽到，好奇問說：「那麼先見神的最大悲哀是甚麼？」

普羅米修斯淒然一笑道：「可以預見，卻無力扭轉。」普羅米修斯這句話讓阿波羅銘記在心，後來阿波羅追求特洛伊公主卡珊德拉未果，憤而詛咒她擁有預言能力但無人相信。

泰坦族的戰鬥力仍極為可觀，因此遣送神犯的任務茲事體大。宙斯任命辦事一絲不苟的自家兄弟黑地斯為冥府之王，即日起率領其親族部屬押解泰坦族下到地獄，並指派獨眼族與百手族隨行戒護，而除了泰美絲外，泰坦陣營裡幾個健美俏麗的女神也悉數留下，雖然祂們從未獲得任何神用功勞來換取祂們的自由。

領受君命後，黑皮獨眼巨靈笑說：「幸好這回鑰匙歸咱們兄弟保管，否則難保不再被打入大牢，永不見天日。」

白色的同伴揚揚手中烏棒，眨眨獨眼說：「怕啥？就算把咱們關住，咱們不會打將出來嗎？」

泰坦族深深懼怕這三個超級大魔頭，絲毫不敢蠢動，只得乖乖就範。神族之所以不死，是因具有極其強大的再生能力，不過要是瞬間受到重創，根本來不及復原，或有可能還是會一命嗚呼的，至少難以恢復原形，這也是為何烏拉諾斯無法玉莖重生、而赫菲斯托斯從此殘了一腿的原因。只是先前任誰也力不足以打死神族，但隨著獨眼族的出現，不死的神話，恐怕已產生巨大裂痕，隨時會瓦解，甚至完全破滅。神能操縱人類及萬物的生與死，卻不清楚自己究竟會不會死，個個的內心深處，難免油然生出莫名的恐懼，以及不確定的茫然。

獨眼族在逃出禁錮後，以非常大的力量、無可比的毅力，鑿空奧林帕斯山底下的地獄，藉著山岳墜落的重力與眾神光明的神性，鎮壓住魔君塔爾斯及一干妖魔鬼怪，地獄自是殘破不堪、滿目瘡痍，泰坦族正好下去修理一番，順便幫自己打造嶄新的監牢。

眾泰坦神犯臨行時，淒風蕭蕭，苦雨瀝瀝，地面突然傳出似遠還近、如輕猶響的聲音，那是來自最原始子宮的召喚和低語：「你們每一個，都是我的子，我的孫，我的骨，我的髓，我的血，我的肉，我的魂，我的魄，也都是我的摯愛，屬於我生命的一部分，你們為甚麼要彼此傷害、自相殘殺呢？你們哪一個能夠體諒我這個老太婆自亙古以來的悲哀呢？」這是大地母神蓋婭在說話，眾神全停止動作，屏息聆聽。

蓋婭接著深深嘆了口氣，這聲嘆息是這麼地悠長，從頭到尾竟然歷經五百萬年之久，眾神反正有的是時間，並不十分介意等待，尤其是正要下地獄的那些。

蓋婭終於又說：「閹割烏拉諾斯的那把鐮刀，是我要庫克羅普斯三兄弟（獨眼族）鑄造的，為的是不忍心讓烏拉諾斯繼續壓迫你們下去。但是我萬萬沒料到，繼任的克羅諾斯不但吞噬自己的子女，囚禁自己的兄弟，還一再殘殺生靈。庫克羅普斯三兄弟手上的閃電棒的材料，也是祂們在我體內化合而成的，我希望祂們利用閃電棒來幫助宙斯，以便推翻克羅諾斯的殘暴統治，然而現在我的另一些子孫又要遭受迫害了。我實在不明白，就算要你們相親相愛、水乳交融是個過分的奢望，但是為甚麼你們就不能相安無事、互不侵犯呢？」

眾神除宙斯外皆感到羞愧而沉默無語。

普羅米修斯回說：「天空烏拉諾斯受創時所噴灑出的鮮血，融入了錯愕、暴怒、失望、痛苦、悲哀、羞憤……種種激烈無比的情緒，落在地母蓋婭的身上，變現成恐怖至極的復仇女神族哀厲怒嘶。哀厲怒嘶姊妹們永不休止、無所不用其極的挑撥離間，使得親族之間註定要不斷上演迫害、背叛與報復的悲劇，這是神人萬物共同的原罪，實在是無可避免的呀！」

蓋婭說：「這樣說起來，難道全是我的錯囉？你們的相互仇殺，也都是我造成的囉？我和我的子女應該忍受烏拉諾斯無窮無盡的折磨和壓迫，而不該奮起反抗囉？」

宙斯打圓場說：「不是這樣子的，祖母。普羅米修斯絕對沒有怪罪您的意思，祂只是在說明烏拉諾斯的遺禍仍在為害世間，我們實在有萬不得已的苦衷。誰都知道，若非您果敢地起而反抗烏拉諾斯，我們絕無可能逃出生天；若非您的處處迴護，我肯定逃脫不了生父的毒手；後來若非您的刻意相助，奧林帕斯陣營早就一敗塗地了。我原該聽從您的訓誨，釋放伸……嗯，泰坦族，但是如此一來，我們誓言要建立的公理秩序，必定蕩然無存，而我出爾反爾，今後又要如何統領眾神呢？我方才已經宣布，泰坦族假使當真誠心誠意悔改的話，便能重回世間，卻不能完全不受懲罰。」

「那麼就等到那一天吧！在地獄尚未淨空之前，在我的子孫仍然遭受無情監禁的時候，在仇恨之心、報復之念還在肆虐世間的當兒，我將背轉過身子去，不再看護這個世界——這個我所變現孕育而又傷透我的心的世界。」這話才說完，大地馬上發生自天地分離以來的最大震動，整個地形地貌完全改變。

等巨震停止，宙斯回過神來心想：「這個老太婆還真是烈性，翻臉比翻書還快，翻身又比翻臉還快，一點兒也不容商量。不過這樣子也好，倒省掉我不少麻煩。蓋婭已當眾聲明不問世事，塔爾斯給壓制得動彈不得，烏拉諾斯教亞特拉斯頂著痛處，諒祂今後再也不敢蠢動，伸手族勢力完全瓦解冰消，現在就只剩下幾個心腹之患了。」祂望著獨眼族的背影，嘴角漸漸漾出得意的微笑。

第四章　天朝神國

經過這翻天覆地的一戰，世界發生極為重大的變化：泰坦王朝正式告終，第二代神王克羅諾斯與神后麗雅遭到放逐；泰坦神創造出的人類及萬物，幾乎已滅絕殆盡；奧林帕斯山的崩陷，造就了許多星曜；陰曹地府換了主子，納入奧林帕斯的勢力範圍內，而且需要重新整修；蓋婭的背轉過去，讓大地傾斜二十三度半，於是產生出四季；夜神妮克絲與晝神荷梅蕾這對母女仇深勝海，一向避不相見，所以晝來夜便去，夜出晝即隱，截然分明，然而二神在大決戰中打成一片，演變為你身中有我、我體內有你的態勢，全然密不可分，當被獨眼族用閃電劈開時，居然多分裂出晨與夕——對於後世而言，這可能是此場激戰最意外而美妙的後果了。喔，當然，讓勝負大逆轉、造成神神自危的雷電，更是前所未見，而今而後將會不時猛烈地震撼每一顆心靈——包括眾神的。

大戰甫落幕，宙斯緊接著忙碌於建構宇宙新秩序，首先得要重新封神。祂初得天下，未訂朝儀，待封神榜一揭，眾神不脫草莽習氣，沒理會新的眾神之王正端坐在王座上，即在大殿裡扯開嗓門高談闊論。封神榜上最遭熱議的任命，自然是阿瑞斯的受封火星又身兼戰神，祂除了儀表堂堂、身材偉岸、擅於甜言蜜語外，實在瞧不出有甚麼驚世藝業，更無任何豐功偉績。

一神陰陽怪氣說：「從好的角度來看吧，也許天下從此真的太平了，再也用不著克敵制勝的武將，所以我們更需要一位儀隊隊長。阿瑞斯只要把拍馬屁的功夫發揮一成在吹號角上，也真能吹遍天下無敵口了，而且祂的花槍耍得可俊的哩！」

另一神斜睨著阿瑞斯的胯下說：「可不是嘛！祂就算不用手，一桿花槍也能舞得虎虎生風，大家可得閃遠點，別給戳翻了。」

還有一神說：「大家都錯怪阿瑞斯了，祂受封為戰神，可謂實至名歸。」祂見眾神滿臉疑惑，接著說：「阿瑞斯戰前很神，戰時恍神，戰後回神，祂是這一類的戰神。」眾神鬨堂大笑。

對於眾神的冷嘲熱諷，阿瑞斯充耳不聞，只一味傻笑。祂並非涵養好，而是此刻整副心思，全貫注在愛芙羅黛蒂充滿誘惑的胴體上，色授魂與，目不暇給，無心他顧。不過另一雙異常灼熱的眼睛，吸引宙斯的注意，那雙眼睛的主人，正是畏縮在大殿陰暗角落的赫菲斯托斯。

宙斯冷眼旁觀，轉了幾個念頭，隨即召喚赫菲斯托斯到跟前來。赫菲斯托斯原本暗自痴望著愛芙羅黛蒂，正覺心醉神馳之際，忽蒙一向十分鄙夷自己的父親召喚，不免心懷忐忑，而且要將視線自愛美神身上轉移開去，又委實百般難捨，剛裝的自製義肢用來也不甚靈便，因此一瘸一瘸地慢慢踱向前去，眼角餘光還一直流連於愛芙羅黛蒂的美豔臉龐上，玩味著祂的一顰一笑。

宙斯待赫菲斯托斯走至，抬起手一指愛芙羅黛蒂，直接了當問說：「你要祂做你的老婆嗎？」

赫菲斯托斯腦子裡「轟」地像是被大鐵錘猛敲一記，胸膛裡噗通噗通地跟擂戰鼓似的，而身上火燙，汗出如漿，狂吞唾沫，卻又口乾舌燥，僅是乾噍空氣罷了，大半晌兀自開不了口。

宙斯風流倜儻，天上人間所臨幸的美女不計其數，此時瞧見赫菲斯托斯如此德性，不由得大感煩厭，冷冷說道：「你想要的話就立刻說要，我只給你一次機會。」

赫菲斯托斯連忙跪下，磕頭如搗蒜，沒口子直唸：「要，要，要……」

「那好。」宙斯笑了笑，接著朗聲說道：「眾神聽宣！赫菲斯托斯曾經在奧林帕斯山頂上捨身救我，因此我決定將愛芙羅黛蒂許配給祂為妻，凡有異議者，便是公然與我為敵。」

眾神聞言，驚訝得張口結舌，只阿瑞斯笑逐顏開，連番稱妙。一神大惑不解，低聲問說：「你不是一直在肖想愛芙羅黛蒂嗎？現在祂成了別神的老婆，你怎麼還笑得呲牙咧嘴呢？」

「嘿！老兄，這你就欠研究了，別神的老婆勾搭起來才更香豔刺激哩！」

那神又問說：「赫菲斯托斯是你同母所生、同父所養的親哥哥，你好意思勾搭祂老婆？」

阿瑞斯答說：「這你又欠研究了，正所謂『舒服不過倒著；好玩不過嫂子』嘛！」祂甚為自得，似乎已成為愛芙羅黛蒂的入幕之賓了。

宙斯深知愛芙羅黛蒂不管跟誰結褵，必定風波不斷，唯有自慚形穢的赫菲斯托斯，才勉強容得了祂四處偷漢。如此安排既能免除日後無窮無盡的紛擾，又算還了赫菲斯托斯相救之恩，正可謂一石二鳥，而且另有更大妙用，只是該妙用尚有待布置，目前還算不得數。

宙斯揮手遣退赫菲斯托斯後，瞥見雅典娜獨立一旁，愀然不語，於是起身步下王座，走去摟著祂的香肩問說：「怎麼了，讓我頭痛的乖女兒，妳是不是不滿意為父的分封賞賜？」

宙斯極為忌憚元配梅蒂絲的非凡智慧（讓克羅諾斯嘔出腹中子女，即出自梅蒂絲的出謀劃策），又要獨占解放兄姊的功勞，而更加重要的是，蓋婭曾預言梅蒂絲頭胎若生兒子，該子將篡奪生父地位，因此宙斯一得知梅蒂絲懷孕，便使出籌畫已久的詭計，讓祂自願變成水滴，再趕緊將水滴吮進嘴裡，吞下肚去。其後梅蒂絲腹中胎兒居然轉移至宙斯的腦腔繼續發育，分娩時宙斯頭痛欲裂、哀嚎不已，普羅米修斯急命赫菲斯托斯掄斧劈開宙斯的頭殼，自其前額迸出一盔甲齊整、操矛持盾的女嬰，那便是集智慧、美貌、勇氣、技藝於一身的雅典娜。由於有這麼一個緣故，所以宙斯一向暱稱雅典娜為「讓我頭痛的乖女兒」。

對於父王宙斯的垂詢，雅典娜擠出一絲笑容回說：「怎麼會呢？爹爹。」

宙斯低頭親吻祂的秀髮，盯著祂清澈慧黠的美目，柔聲說：「我的子女雖然多得數不清，卻只有妳一個，可以完全不靠我而能闖出自己的一片天來，正因為如此，這次我才沒分封給妳任何領地，也沒授予妳任何職位，以嘉勉妳的英勇和功績。」

雅典娜輕撥雲鬢，嫣然一笑說：「能夠留在爹爹的身邊，就是我能得到的最大獎賞呀！」

「老實說，我還真離不開妳哩！要是妳也跟阿緹密斯一樣，必須每晚駕著冷冰冰、硬邦邦的月車，跨越整個險惡的星空，妳說我會有多捨不得呢！而且我不在王座的時候，也需要有個神來代替我發號施令，這個重責大任，恐怕非妳莫屬，因為妳是我最信任的一位，也是最公正無私、最有智慧的一位。」

雅典娜聞言，心神蕩漾，把頭埋進宙斯的懷裡，語聲甜膩說道：「只要爹爹不嫌女兒笨，女兒願意為爹爹分憂解勞。」祂的武勇遠勝鬚眉，一向英風颯爽，對一干男神，從不稍假辭色，在宙斯面前，卻自然而然流露出嬌柔之態。

宙斯捧起祂端麗無匹兼又英氣勃勃的臉龐嘆說：「妳要是笨，普羅米修斯就是個天大蠢蛋，眾神也都成了嘴角垂涎而不自知的白痴。誰都曉得這個讓我頭痛的乖女兒，是天上地下最最聰慧的。」

「爹爹別再取笑我了，女兒其實笨死了。」

宙斯呵呵笑了幾聲，眉宇間突然閃過一絲憂色。雅典娜心細眼尖，低問：「怎麼了，爹爹，您有心事？」

宙斯擰擰祂的俏鼻子說：「還說自己笨哩，鬼靈精一個，甚麼事都瞞不過妳。唉！爹爹確實有件事情煩心。」

雅典娜急問：「女兒幫得上忙嗎？」

宙斯正顏說：「我想普天之下，只有妳使得上力，這可不是隨便說說來哄妳的。」

「我能做些甚麼呢？」

「獨眼巨靈族威力之大，是大家親眼目睹的，這次祂們立下大功，爹爹實在不知道要賞賜祂們甚麼才好，乖女兒快幫爹爹想想。」

雅典娜噗哧一笑說：「要是爹爹允許祂們用閃電棒打克羅諾斯的屁股，祂們報了深仇大恨，出了滿腔怨氣，感激爹爹還來不及哩，哪裡還會再要甚麼賞賜！」

宙斯說：「妳看，妳看，我就沒妳的先見之明，現在克羅諾斯的屁股遠在天邊，可不容易打到。我倒有個想法，只是不怎麼容易辦。」接著沉吟不語。

「請爹爹快說吧，可別把女兒給急死了。」

「好，好，好，別急。」宙斯頓了頓又說：「我看這三個巨靈之神也挺可憐的，不但從未吃過世間美食，而且還渾身光溜溜地，未免太過於招搖惹眼。」

「原來如此！這簡單，全包在女兒身上。等祂們從地獄回來，準教祂們吃得心滿意足，穿得光鮮體面。」雅典娜色藝雙絕，文武全才，不但出得了廳堂，上得了戰場，而且管得了帳房，充得了廚娘，尤其女紅之精，更是天下無雙。曾有凡間女阿拉庫妮自矜己能，誇言編織技法巧妙絕倫，縱天神雅典娜也得自嘆弗如。雅典娜知悉此事後，下凡與她賭賽，只略施手段，便教觀賽人神個個瞠目結舌，嘆為觀止，阿拉庫妮當場棄杼拜服。雅典娜為了懲罰阿拉庫妮的自大輕慢，將她變成一隻終身補綴不輟的蜘蛛，又把當時自己贏得比賽所織衣衫，賞賜給凡人裁判長老達爾文。

宙斯此時得其承諾，卻是緩緩搖著頭說：「我一向明白妳的本事，但這三兄弟的體型可不是普通龐大。」

「爹爹就讓女兒試上一試吧！倘若有負君命，女兒甘受軍令。」

「倒也沒那麼嚴重，又不是行軍打仗，我只不過要給祂們一個驚喜罷了。此事妳知我知，切莫走漏風聲，而且須用如此材料，並要如此織法……」宙斯附在雅典娜耳旁密密囑咐。只見雅典娜臉色愈來愈凝重，待宙斯交待完，不禁蛾眉深鎖道：「真要這樣子的話，我只能盡力而為了。」

仙家之妙用，天神之手段，當真不可思，不可議，沒過多少時日，奧林帕斯山上已是「鳳閣龍樓連霄漢，玉樹瓊枝作煙蘿」了。率先興建完成的，是供眾神之王宙斯日常起居議事與休閒遊憩的無極殿，以及占地廣袤的御花園。天朝神國裡的殿堂園林繁多，雖各有名稱，為便於記憶，另以號碼區分。宙斯日常起居議事的無極殿，自然是「天下第一殿」，簡稱「一殿」，其附屬的御花園，俗稱「一殿園」。

緊接著完成的，是位置隱蔽、風格多樣、被知道內幕的眾神戲稱為「二姨宮」的有情宮，該宮之所以得此別名，因是宙斯窩藏和密會情婦的行宮，而宙斯情婦多不勝數，有情宮的規模竟然遠遠大過無極殿，而為了避開天后希拉的耳目，有情宮設計得十分巧妙，如在虛無縹緲間，從外部根本察覺不出，尋覓不著。宙斯待在有情宮的時間多於無極殿，就有好事者調侃說：「無極殿裡恩愛絕，有情宮中日月長。」宙斯聽說後，並不以為忤，反倒沾沾自喜。

環繞於無極殿與御花園外、供宙斯子女們居住的建築群，統稱為三才堂，雅典娜的雅舍得到「天才居」的美譽，阿瑞斯的豪宅獲得「蠢才窟」的渾號，其餘則被泛稱為「庸才寮」。三才堂外依東南西北方位建構的建築群，是供近臣居住與貴賓歇腳的四象園。一干小神依地位高低，分別棲身於外圍的五行舍、六合院、七巧莊、八卦村等等。酒神戴奧尼修斯開設在八卦村裡的太極吧，是眾神最愛盤桓流連之處，酒吧裡最不缺的是光怪陸離的舉措，荒誕不經的傳聞，宙斯對此瞭若指掌，卻只睜一隻眼、閉一隻眼，佯作不知。

暫且不論二姨宮與太極吧，如今的天朝神國，可謂法度謹嚴，條理分明，迥非前朝可比。宙斯責令普羅米修斯、雅典娜、泰美絲、繆思九女神等等，共同研擬規章儀軌，還制定一整套天象曆法，下旨嚴令眾神恪遵。以前忽風忽雨、乍暖乍寒，毫沒規律可言，全憑眾神興之所至。自此而後，連何時何地下幾釐雨，都得按規依章，若要改變，則須事先請奏獲准才成，主事之神不得擅專。因此世間也是處處風光明媚，如夢似幻，較諸天地初分時的雄奇蠻荒，克羅諾斯主政時的雜亂無章，以及兩軍交戰時的殘破荒涼，自不可同日而語。只是絕少鳥獸蟲魚悠遊世間，未免缺乏勃勃生機，顯得有些單調無趣，而且眾神也想利用獸力，多些食材，又頗為懷念狩獵殺生的殘忍歡快。某日在無極殿的例行朝會中，普羅米修斯出班奏請復創萬物。宙斯原已暗自籌畫一段時日了，於是順水推舟，當下准奏，欽命阿比米修斯負責造物，而由其兄普羅米修斯監製。

普羅米修斯是眾口交譽的先見神，智慧堪稱神族第一。其胞弟阿比米修斯則是備受鄙視的後見神，天生一副獃樣，一向與赫菲斯托斯同病相憐，都極端不得異性緣，就連奇醜無比、長著羊角羊蹄的牧神潘恩，因仗著吹得一口好排笛，並擅於獻殷勤，尚且可以飽享豔福。如今赫菲斯托斯娶到豔冠群芳、色壓眾神的愛芙羅黛蒂，阿比米修斯依舊形單影隻，竟日不住地長噓短嘆，又不敢到太極吧買醉，以免遭到眾神肆意調侃，祂心裡頭滿是宣洩不掉的鬱悶。

宙斯將愛芙羅黛蒂許配給赫菲斯托斯，本是一石多鳥之計，自然十分清楚阿比米修斯自悲自憐、自怨自艾的心態，一日刻意帶祂到有情宮遊覽。該宮果然隱密非常，要進到那兒，須先通過一條宛如迷宮的密道，入口更是被宙斯施加障眼魔法，若無熟門熟路者帶路，縱使神通廣大，也不得其門而入，但由於宙斯情婦眾多，進出頻繁，有情宮與入宮密道的存在，早已是公開的祕密了，單只提防著天后希拉一位而已。

阿比米修斯隨宙斯進旁門，依左道，入中洞，循側徑，東轉西拐，南彎北繞，直弄得昏頭搭腦。一出密道，豁然開朗、別有洞天，放眼而望，只見亭臺樓閣彌山跨谷，真可謂五步一樓，十步一閣，而一樓一仙子，一閣一女神。祂們個個妖嬈美豔、丰姿綽約，一聽說宙斯來到，忙不迭地搶出到大門外，或者俏立於露台上，不斷搔首弄姿，盡顯媚態，直教阿比米修斯瞪大眼睛、猛吞饞涎、抓耳撓腮，不一而足。

宙斯看祂如此模樣，不禁哈哈大笑。阿比米修斯十分敬畏宙斯，雖然垂涎美色，畢竟不敢太過放肆，隨即垂下頭去，惶恐說道：「懇請神王見諒，小的大大失禮了。」眼角餘光仍忍不住瞟向一眾美女。

宙斯笑說：「無妨！無妨！你瞧我這行宮，可還像個樣嗎？」

阿比米修斯萬分欣羨說：「這真是小的心目中的極樂世界，小的願意做任何事，只求能夠在這裡過上一天。」

宙斯讚許說：「好，有志氣，大丈夫當如是也。只不過在本王的地盤裡，你就甭想了吧！」祂看阿比米修斯失望之情溢於言表，續道：「但若去到本王不直接管轄的地方，你還是大有可為的，最起碼本王可以賞賜給你一個絕世美女，眼前不正有你的難兄難弟赫菲斯托斯現成的例子在嗎？你只須這樣子做就可以了。」隨即把嘴靠在阿比米修斯的耳朵旁，低聲授予密令。

阿比米修斯剛剛得到眾神之王親口應許，腦袋發暈，心頭火熱，不計後果如何，欣然領命離去。

第五章　神愛世人

颮風怪多樣善變的形貌，啟發普羅米修斯的創作靈感，祂與胞弟阿比米修斯雖各有盤算，但造物的熱忱與努力不懈，倒是殊無二致，因此進展神速，不消多時，天朝神國裡已布滿鳥獸蟲魚，通過評估審核的，就予以野放世間，眾神也隨即恢復狩獵的休閒活動，直殺得痛快淋漓，而且一手操生、一手操死，為神之樂，莫此為甚。有些神隱隱覺得，當初克羅諾斯屢次大顯神力來滅絕物種，恐怕只是借題發揮，祂或許自覺權傾天下，因此樂在其中而嗜殺成癮哩！

一日，普羅米修斯氣急敗壞地奔至無極殿外，顧不得新頒行的朝覲禮儀，使勁推開護衛，要直接面奏宙斯，因為兄弟倆對於造人一事產生重大歧見，相持不下，阿比米修斯口才遠遠不及其兄，辯不過便打算蠻幹到底，普羅米修斯先以理勸阻無效，繼而擺出長兄的威嚴也不成，因此急來請示。

門衛正要出手攔阻，宙斯高聲止住，待普羅米修斯入殿趨近，宙斯寒著臉沉聲說：「普羅米修斯，你如此放肆，毫不尊重你的王，你最好是有極其重大的事情稟報。」

普羅米修斯哈了個腰，恭謹說道：「臣魯莽，冒犯天顏，懇請陛下恕罪，但臣的確有要事稟報。」

宙斯臉色稍微和緩，說：「你既然有要事，那就快說吧。」

普羅米修斯急切地說：「陛下明鑒：人能行不遠，能奔不速，能躍不高，能泅不深，有牙不利，有爪不銳，有皮不堅，有眼短視，有耳重聽，有鼻難嗅，屁臭不足退敵，毛軟不足防身，無殼可以龜縮，無翼可以飛天，無尾可以攀枝，無毒可以保命，既不能擬態變色而隱身，亦無法噴墨斷肢而惑敵，當真說得上『百無一用是人類』，而今阿比米修斯又要剝奪新版人類的智慧，我真不知道他們要如何生存於天地間。」

宙斯微微笑說：「我才在納悶，到底是啥天大地大的事，能讓先見神如此大驚小怪，原來就這麼點事啊！我真搞不懂你，普羅米修斯，當初是你堅持讓人類的壽命從十萬八千歲減為百年，以神的角度來看，這簡直是朝生暮死，現在你怎麼又擔心起他們的安危來了呢？」

「生命的長短只是相對的概念，有些人感嘆十萬八千歲匆匆即逝，還有些人覺得此生漫漫、度日如年哩！但是若從整體人類的長遠利益來看，十萬八千歲確實太久了，世代交替與演化的速度，恐怕遠遠跟不上環境的變遷，如此一來，人一旦失去神的庇護，就非常容易滅絕。」

「那麼就讓他們永遠生活在神的庇護之下吧，衣食不缺，無憂無慮，難道不好嗎？」

普羅米修斯皺起眉頭說：「這樣子的話，人的存在，究竟有何意義？我們造人，又所為何來？」

宙斯說：「神依照自己的形象造人，人是神的僕役，人存在的最主要目的，就是要服侍神，遵從神，榮耀神，讚美神，我們訂定的《造人施行要點》的總綱篇，不是規範得很清楚嗎？你怎麼會提出這樣的問題來呢？」

普羅米修斯說：「這部施行要點是大家趁我不在的時候通過的，我從來就不曾贊成過，提出覆議也被硬生生否決了。神的僕役，萬物皆可充任，何必一定要具備神的形貌呢？神若當真圓滿自在，無所不能，又何需人的服侍與讚美呢？」

宙斯一時語塞，低頭思索，過了一會兒，抬起頭逼視普羅米修斯，問說：「那麼你倒說說看，神為甚麼要依照自己的形象造人，又或者神到底為啥要造人。」

「因為神孤獨，不知如何自處；神自私，不懂得如何與其祂的神相處；神空虛，需要形似自己而又遠不如自己的物種來獲得自尊；更重要的是，神恐懼，而將希望寄託在人的身上。」

宙斯聞言一愣，說道：「某些神確實不大懂得如何與其祂的神相處，也不知如何自處，有人類相伴，倒也稍能解解煩悶，不過要說神因為恐懼而造人，就未免太過離譜了。你再說說看，你認為神到底恐懼些甚麼。」

普羅米修斯咬咬牙，臉頰抽搐了下，緩慢卻堅定地說：「墮落，甚至滅絕。」

宙斯怒斥：「普羅米修斯，你怎麼愈說愈荒唐！若非你素來智慧超群，屢屢出謀劃策，制定律法，立功無數，我現在就治你妖言惑眾之罪，從此打入地獄，永世不得超生。」

普羅米修斯噗通跪倒說：「臣大膽妄言，請陛下恕罪。」

宙斯驅退左右侍從及門衛，看看四周已無其他神，便說：「你起來說話吧！」待普羅米修斯站起立定，又問：「神為何會墮落？神族有可能會滅絕嗎？」語氣已遠不似先前那般嚴峻。

「臣不敢說。」

「你但說無妨，本王暫且免除你的言責。」

普羅米修斯略微沉吟後說道：「雖然迄今還沒有神死過，但是『未死』並不代表『不死』。介於實有與虛無之間的渾沌卡歐斯，本身或許是不生不死，且不去說祂，更甭提比祂更古早的太虛。當今眾神的出世，是因為賜予祂們生命的天空烏拉諾斯失去生殖器官，因此得與失、生與死，極可能是並存而為一體之兩面。這個憂慮一直存在著，但被克羅諾斯嚴厲壓制住，不准任何神談論，而獨眼巨靈神的出現，讓神可被殺死的憂慮更為加劇，至少是經由兩性生殖而誕生出來的神。事實上，當初克羅諾斯之所以命令臣依照神的形象造人，並賦予人一些神性，便是要模擬壽命有限的神族的社會狀態，看看會有甚麼發展。一開始臣給予人類完美充足的生活條件，那時期被後世稱為黃金年代，但人類過得太過安逸，還處處受到神的保護與協助，以至於無所用心，無所事事，社會狀態如同一灘死水，縱偶生漣漪，卻絕少變化，完全違反神造人的本意，克羅諾斯不由分說，便降下飛石擊殺他們。其後所謂的白銀、青銅與黑鐵時代，臣漸次讓各版本人類的生活條件惡化，神也愈來愈少直接涉入人類事務，但是造人實驗最終仍以失敗收場。* 這次臣準備大幅縮短人壽，並且強化演化的作用，好讓人……」

宙斯插嘴說：「你一再提到演化，這件事為何這麼重要？」

* 宙斯誕生於白銀時代，由於成王敗寇，一些希臘神話學者便將白銀及其後的時代，劃歸為宙斯治下。此外，以宙斯為首的奧林帕斯眾神，在黑鐵時代頻繁跟人類交合，生下許多半神人，其中一些流傳有膾炙人口的英雄事跡，該時代也就被暱稱為英雄時代。

「因為要產生變異，好讓人類可以適應環境的變化。」

「哈哈哈，神力無窮，我們大可以移山倒海、呼風喚雨，讓環境來順從我們，而不是我們去適應環境，演化對於神族來說，可就沒有甚麼用處囉！」

「不然，用處其實大極。」

「怎麼會呢？」

「渾沌卡歐斯合成出蓋婭、塔爾斯、愛樂思、妮克絲和耶瑞柏斯等原始五神，其後蓋婭分裂出烏拉諾斯、龐多斯和烏瑞亞等太古神祇，其後妮克絲也分裂出睡神許普諾斯和夢神奧涅伊諾斯等等，這都屬於自體無性生殖，少了演化的作用，所以這些原始古神雖然力量強大，形態各異，作用不同，其實本質無啥差別，骨子裡都是一團渾沌幽暗，當真無趣得很，不是嗎？等到有了兩性生殖，陰陽交合，代代繁衍，才產生出形形色色的眾神與多種多樣的萬物來。況且天地之分、神山之墜、地獄之變，固然出神意表，而晨昏、四季、雷電的出現，也非我們刻意造成的，因此對於環境的劇變，神族確有始料未及、甚至力有未逮之處。」

宙斯沉吟半晌後又問說：「好，就算演化對於神族有其作用，不過要是你錯了呢？假使神族當真不死，那又會如何呢？」

「墮落與紛爭是不死神族的宿命。」

「怎麼說呢？」

「且不說別的，倘若神族不死，而眾神之王只能有一位，不用計謀或武力發動叛變，其祂神永遠沒機會當王，因此……」

「你號為先見神，是否能預見有任何神要篡奪我的王位？若是，那會是誰？」宙斯身體前傾，語調顯得相當急切，畢竟王位攸關祂自身權力及安危，而神族前途則是大夥兒的事，二者在祂心目中的輕重緩急，委實大不相同，祂當然遠更關心王位。

「絕大多數的人以為神是先知先覺，能夠預見未來。其實人的命運受神操控，只要不出意外，或改變心意，操控者自然知道結局。『預見』與『操控』根本是兩回事，對於臣無力操控或不想操控的事，臣只能『推斷』，無法『預見』。只因臣觀察入微，推理極強，常推斷得八九不離十，才博得先見神的美名，所以臣不知是否已經有神想要篡奪王位，但那只是遲早的事兒，也確實發生過了，不是嗎？爭奪權力在不死神族中，是根本無法避免的，而且失敗的一方，必定會被打入地獄或流放天涯，甚至遭受更為嚴酷的刑罰，不是嗎？就算神族不你爭我奪，無限的生命也會讓神怠惰，覺得心靈空虛，熱衷於尋歡作樂，造成物慾橫流，酒神戴奧尼修斯如此大受歡迎，太極吧始終高朋滿座，不是沒有道理的，不是嗎？因此神的社會難以提升到純粹的優質美善，多半會向下沉淪，最糟糕的其實還在後頭哩！」

普羅米修斯接連幾個「不是嗎」，口氣顯得咄咄逼神，宙斯隱覺不快，仍耐住性子問說：「哦，還有甚麼比這情況還要糟糕？」

「神若不死，又不斷繁衍，勢必演變成神吃神的野蠻局面。」

宙斯的同胞手足曾被生父吞食，自己也吃了前妻，所以這話聽來十分刺耳，於是語氣不善地說：

「照你這麼說來，神非但會死，而且還不得不死，這就是你的結論囉？」

「這還說不上是結論，頂多只是個假設。」

「甚麼結論假設的，你總有那麼多名堂，我都被你搞糊塗了。」

「神王明鑒，如此簡單的概念，以陛下的資質，終究能夠明辨其中差別。」普羅米修斯雖深諳事理，卻不明極其幽微的心理，尤其是在上位者飄忽不定、難以捉摸的思慮，祂說這話原本是要拍宙斯馬屁，卻適得其反，惹得宙斯怫然不悅。

「別再說了，造人之事就先暫緩，等我想清楚後再作定奪。我可沒你那麼高的智慧，得花上一段時間仔細思考才成。」說完起身拂袖而去。

這位眾神之王接連七天沒有上朝，也史無前例地在這段時間內完全不近女色，雙眼居然因此腫得跟發糕一樣，無一神膽敢明問緣由，只竊竊私議。宙斯看在眼裡，暗自著惱，卻苦無藉口發作。適巧天后希拉以此為題大作文章，屢屢對宙斯冷嘲熱諷，夫妻倆進而大打出手。最後宙斯發起狠，扯住希拉的頭髮，把祂的身軀在空中輪轉了好幾圈，用力扔下奧林帕斯山去，如此還不足以洩恨，兀自生著悶氣。阿瑞斯對父王有些陽奉陰違，對母后的孝心卻出於至誠，隨即偷溜下山去安慰希拉。宙斯獲密報後，心裡很不是滋味，但也不便指責阿瑞斯，揮手遣退細作，獨自尋思：自己貴為眾神之王，卻無法使臣子伏首貼耳，普羅米修斯不時與自己爭論，希拉更是經常撒潑，而眾神敬畏那三個獨眼怪，還遠遠超過敬畏這個王，倘若自己掌握神族生死之祕，情況應該會大大改觀，心裡起了個計較，於是派遣漢密斯密傳普羅米修斯來見。

一殿園裡有座幽靜美麗的無熱惱池，池中有島，島上有林，名為瞻部，生有大大小小的瞻部樹，結著各式各樣的智慧之果。此林甚為隱密，且設有結界，若無宙斯親允，眾神等閒無從進入。普羅米修斯來到一棵結著火紅果實的瞻部樹旁，一見著宙斯模樣，強忍住笑，說道：「陛下似乎火氣很大，應該適度宣洩一番。」

「別提了，我讓你搞得毫無興致，又差點兒給希拉氣炸心肺。這幾天我一直思考你提出來的問題，決定賜給新版人類有限度的智慧，但前提是必須約法三章，那就是：人不得傷害神；人不得違抗神的意旨；人不得自殺。」

普羅米修斯沉吟了好一會兒後，才徐徐說道：「神族不斷自相攻伐殘殺，卻害怕遭受卑微渺小的人類傷害……唉，好吧，臣對第一條沒有意見。人不得違抗神的意旨，如果這意旨只來自於您，再無其祂神會胡亂對人下令，那麼臣也可以接受這一條，否則一神一把號，各吹各的調，人到底要聽誰的呢？」

宙斯覺得如此一來，自己即成為人類心目中至高無上的唯一真神，那麼何樂不為呢，於是頷首微笑道：「你這考量不無道理，照准。」

普羅米修斯續道：「唔，試問吾王陛下，如果神會死，而且神明白自己會死，也知道如何殺死自己，那麼神有權這麼做嗎？」

「這個嘛……我還真沒想過這個問題，你可考倒我了。」

「臣竊以為，神對於本身性命，應該擁有相當程度的自主權，如果只能生，不能死，那麼生存就成了義務，而非權利，這不是說神必須自我了斷，而是保有這個選擇。既然要以人來模擬會死的神，那麼人就應該具備跟神同樣的生命自主權，我們也可以看看，多少人會走上這條路，以便多方面評估，死亡與生命自主權對於神族社會的可能影響。另外，如果人必須在自殺與傷害神之間作抉擇，那麼他們應該怎麼辦？」

宙斯說：「這三條法則，第一優於第二，第二又優於第三，所以你的問題很容易回答，也就是人寧可自殺，也絕對不許傷害神，並不得違抗神的意旨。」

「是的，所以人不能自殺，也並非絕對要遵守的法則，不是嗎？但是人為何要把神看得比自己重要，寧願放棄寶貴的生命，也要保全神，並奉行神的意旨呢？」

「對於神來說，正所謂『造神容易造人難』。人是神創造出來的珍貴實驗物資，本王絕對不容許他們自我毀損。他們具備神的形貌，自殺等於是在挑釁神，這當然也不能允許。我們還完全不清楚神會不會死，所謂神的生命自主權，未免扯太遠了，怎麼可以讓人擁有連神都沒有的權利呢？我更加不能讓人違抗神，甚至傷害神，否則我怎麼對神族交代？人一旦傷害神，神一定會懲罰人，報復的方式多半是恐怖的天災，如此對人更加不利，也勢必危及我們的實驗。這三條法則完全沒得商量，本王說了算！」

「這三條法則都是神基於自身利益而強加給人的約束，對人有何好處？」

「好吧，只要人確實遵守這三條法則，我允諾除非人自絕生路，否則我決不毀滅這一版本的人類。」

普羅米修斯咬了咬牙，說道：「好吧，臣造人後，將規範給他們這三條法則，但還是會保留人的自由意志，尊重人的生命自主權，不過會利用教化，來加諸重重限制。」

宙斯嘆說：「你為何如此厚待人，竟不惜與我對抗？」

普羅米修斯說：「人是臣創造的，就跟臣的親生子女一般，每回他們遭到毀滅，臣都痛澈心肺，當初臣叛離克羅諾斯，與這件事多少有關。然而臣雖愛世人，但更愛神族，因為臣也是神。臣為人所作的一切，最終都是為了神，因為人是神的化身，神的寄託，而且可能是神的未來，神族根本問題的解答，懇請陛下亮察。」

宙斯說：「我雖是眾神之王，卻也不能為所欲為。我無法違背自己頒行的律令，更不願造成眾神恐慌。」祂頓了頓，指著身旁的一棵瞻部樹續道：「你暗中做條最狡猾的蛇來，讓牠盤繞在這棵樹上。在適當的時候，新版人類的始祖將受到蛇的引誘而吃下智慧之果，他們在智慧萌生的同時，生老病死、我所設定的三法則、你所堅持的自由意志與演化因子，也就開始作用。然後我將驅離他們，下令切斷神人之間的所有連繫，再私底下觀察人類的發展，以探究神族可能的命運。你和阿比米修斯將因為新版人類的始祖偷食禁果，必須負起連帶責任，受罰下凡，如此一來，我對眾神能夠有所交代，你們也可就近保護教化人，而我的意旨，也將只透過你們兄弟倆下達給人。此事關係重大，務必保密，你若洩漏一言半語，必遭嚴懲。」

宙斯從未造過人，不知道生老病死、智慧及意志要如何賦予人，對於演化的作用也還懵懵懂懂，誤以為這些都可以藉由吃顆果實而萌生出來。普羅米修斯暗笑在心，不予道破，只緩緩點了點頭，拜辭離去。新版人類尚未誕生，其命運就在二神的討價還價中被註定了。

宙斯望著桀驁不馴的普羅米修斯離去的背影，感到憤恨難平，驀然想起其母泰美絲，反正善妒的希拉才被自己扔下山去，於是密令漢密斯去召喚泰美絲前往藏匿情婦的二姨宮侍寢，事後賜封泰美絲為正義女神，因為覺得自己已向可惡至極的普羅米修斯討回了一丁點兒公道。

泰美絲入二姨宮侍寢一事純屬後話，且按下不表。卻說即使是地位至尊的宙斯，與智慧第一的普羅米修斯，也有見事不明之處。就在祂們為神人前途費心苦思、針鋒相對的當兒，一種嶄新的生命孕育型態將要出現，祂們卻渾然未覺。

幾乎與蓋婭、塔爾斯同樣古老的神祇愛樂思，這個生命的原動力，雖然力量極其強大，影響異常深遠，但由於無質無形，反而完全遭到漠視。祂剛剛聽完二神的對話，隨即感應到阿瑞斯與愛芙羅黛蒂正要勾搭成姦，頑心頓起，嘻嘻笑著鑽入愛芙羅黛蒂的肚皮裡去，藉著父精母血而有了實體，出世時是個模樣可愛極了、還長有白色羽翼的小男童丘比特（本書的小愛神使用羅馬名，以便跟原始愛神區別），從此開啟了充滿離奇玄妙的輪迴轉世之途徑。不過人類的輪迴轉世，卻是基於宙斯的私心而展開的……

第六章　登天之路

獨眼巨靈族庫克羅普斯三兄弟，押解泰坦神犯下到地獄已歷好一段時日，看看地獄整修將畢，神犯們也都相當安分，而冥府新王黑地斯與其僚屬們，全是不苟言笑的悶葫蘆，著實無趣。獨眼三巨靈悶得發慌，左右無事，於是辭別黑地斯與百手族三兄弟，重返世間，頓覺與離去時的情景，簡直判若雲泥，不禁大感驚奇，反正不急著向宙斯覆命，便隨意遊山玩水，瀏覽世間風光，逗弄飛禽走獸，渴飲溪泉山澗，飢吞土石草木，說說笑笑，打打鬧鬧，倒也逍遙。

這一日，三巨靈行近奧林帕斯山，忽聽得前頭樹林傳來呼喝聲：「妖怪，莫逃。」三巨靈面面相覷，心想：「難道是衝著我們來的？」便往茂林步去。祂們身量高出林木甚多，低頭從枝葉間隙窺見一員小將正在追趕一隻獅頭羊身蛇尾的怪獸。那怪獸正是颱風怪的子嗣克邁拉，然而三巨靈初遇不識。

黑皮獨眼神輕聲說：「妖怪指的不是咱們哩！咱們要蹚這場渾水嗎？」

白色獨眼神說：「我看這員小將生得忒也俊俏，未免太嫩，撞上這厲害妖怪，恐怕討不了好去，咱們幫幫祂，收祂當個小跟班也好。」

黃膚獨眼神說：「你僅有的一隻眼睛難不成瞎了嗎？祂是母的，你竟然看不出來。」

白色獨眼神驚訝說：「真的嗎？我再仔細瞧瞧。」

三巨靈才又探下頭去，正好見到那員小將被克邁拉的蛇尾掃倒，頭盔滾落，一捲金黃耀眼的長髮隨風披散，果然是個絕色女神。那美麗女神敗中求勝，右手長矛刺出，左掌在地上一撐，待要藉勢躍起，草叢裡突然竄出一隻三頭惡犬，正是克邁拉的兄弟克別洛斯。克別洛斯一頭一口咬在那美麗女神的右腿，另一頭一口銜住其套著金甲的右臂，不使刺出長矛，餘下一頭一口流出饞涎，撲往祂的咽喉要害。

美麗女神心想這下要糟，腦袋急忙後縮，左手握拳，使勁往狗頭打去，居然打了個空，抬眼卻見克別洛斯夾著尾巴騰空而起，哼哎幾聲後便沒了蹤影。又見一道閃光射在克邁拉身前，轟然巨響中，弄出個深坑來。克邁拉吃了好大一驚，就地鑽去，藉土遁而逃。出手的自然是獨眼三巨靈，祂們不清楚兩隻妖怪的來歷，本就無意加害，任憑離去。

那美麗女神乃是雅典娜，今日獨自追趕颱風怪的子嗣，中了埋伏，見到閃電，便知是獨眼巨靈族出手相救，起身拂去塵土，整束儀容，出得林來，向三巨靈拜謝。

黃膚獨眼神問說：「妳是誰家的姑娘，怎敢獨自招惹這麼厲害的妖怪？」大決戰時，雙方陣營傾巢而出，數量實在太多，祂們三個並未注意到行事舉措一向低調的雅典娜。

雅典娜既受父命，要為眼前這三大個兒整治一頓好菜，於是栽種了橄欖樹，以便提煉橄欖油，卻屢遭連根拔起，今日終於逮著原凶，卻幾乎反遭毒手。因宙斯有命，天機不可洩漏，但三巨靈於己有恩，實不願相瞞，大感左右為難之際，抬眼往上看去，三巨靈的下身赫然入目，想到父親說祂們赤身露體太過招搖，要自己為祂們縫製衣裳，此時親眼見到那十分招搖的物事自半空中垂掛下來，不禁羞紅了臉。這是身為處女神的雅典娜，生平首次害臊，只覺得耳根發燙、手足無措，心頭小鹿亂撞，趕緊轉身疾奔而去，遣西風神齊菲兒送來一句話：「三位相救之德，小女子沒齒難忘，他日必當回報。」

三巨靈乃粗豪漢子，不解女兒家心事，只聳了聳肩。黃膚巨人俯身伸手從林間捏起雅典娜遺留下的頭盔，塞在肚臍眼裡，嘻嘻笑說：「這玩意兒還有如此妙用，以後睡覺再也不用擔心會有冒失鬼在我的肚臍眼裡掛單了。」祂的兩個兄弟伸手來搶，三個頂天立地的巨漢頓時嬉鬧成一團。

獨眼三巨靈雖已在奧林帕斯山附近，但不知為何，心裡總有些難以言喻的疙瘩，或許是因為該山原本平平無奇，不脫草莽荒野氣息，如今遠遠望去，山頂雲遮霧繞，縹緲如幻，山腰卻是霞光萬丈，瑞氣千條，一整個透著極欲顯擺卻故作遮掩的做派，與三巨靈的豪爽磊落迥然相異，祂們於是磨磨蹭蹭、拖拖拉拉了好些時日，這才踱到奧林帕斯山新建的山門前（原有的山門已深陷地下），正要邁步入內，卻被惡狠狠喝住：「統統站住！來者通名，不得擅闖聖地。」三巨靈循聲望去，見是個鎧甲鮮亮的小將，倒也生得俊美。

白色獨眼神側頭發問：「祂難道也是母的？這些傢伙有點兒雌雄莫辨。」

黃膚獨眼神回說：「這個是公的。」

黑皮獨眼神疑道：「咱哥仨打從一出生就廝混在一起，未曾分離過，你是跟誰學會分辨雌雄的？我可看不大出來。」

黃膚獨眼神沒回答，上前唱個諾說：「小哥請了。我是布龍鐵斯，跟兄弟阿爾給斯、史鐵若普斯，受宙斯請託，押解泰坦族赴地獄監禁，現已完成任務，要回報給宙斯知曉，還請小哥通融放行。」

那小將罵說：「打哪兒來的野毛神，渾不懂規矩，在此胡言亂語！我乃堂堂天朝神國鎮門保戶大將軍，奉戰神阿瑞斯之令，戍守最要緊的門戶，甚麼小哥不小哥的。而且宙斯的名諱豈是你們叫得？別汙蔑了宙斯的聖名，以免討頓好打。戰神阿瑞斯立下嚴令，任誰也不能再直呼宙斯的名諱，膽敢叫宙斯為宙斯的，須受鞭刑，難道你們不知道嗎？」雖說如此，祂自己卻宙斯長、宙斯短地大呼小叫了好幾句。

布龍鐵斯看出祂是個渾小子，有意尋祂開心，於是畢恭畢敬說：「哎呀！原來您是位異常神武、相當英勇、十分挺拔、萬般瀟灑的鎮門保戶大將軍，不是個小哥，失敬，失敬。我哥仨才從地獄回轉，果真不懂規矩，方才直呼宙斯為宙斯，誠所謂不知者不怪罪，還望大將軍開脫，饒小的們一次吧！別瞧我們個子大，實在不耐打，鞭子一抽，骨頭就散了。此外，敢問大將軍，若不能稱呼宙斯為宙斯，那麼要叫宙斯啥東西呢？」

那所謂大將軍聽祂盛讚自己，語氣頓時和緩許多，說道：「你們雖然生得狼犺，實際上倒也沒看起來的那麼蠢，本大將軍就教你們個乖，免得待會兒上山後出言無狀、受罰挨打，離開我的轄區，我的職位雖高，可也不便出面保你們。」

布龍鐵斯忍著笑說：「懇請賜教，感激不盡。」

「聽著，宙斯的聖號有些兒長，用唱的比用說的容易記，是戰神大人親自傳授的，本大將軍只唱一遍，你們三兄弟要是記性不好，就分別各記住一部分，之後再拼湊起來，也是個方法。」說著說著，便瞑目調息，搖頭擺尾起來，像是在蘊釀情緒。三巨靈心意相通，抿著嘴，一齊舉棒往祂腰間輕輕畫了個圈。

那所謂大將軍裝腔做勢了一陣子，剛要開唱，忽聽得嗤嗤聲響，又覺下體生涼，張眼低頭一看，下身鎧甲居然破了個大圓洞，那話兒受清風拂弄，一逕兒晃盪不止。祂一時沒弄清楚關節，連忙背轉身子說：「怎麼會這樣？三位稍等，別走遠，待本大將軍去換件戰袍來。」雙手護著要緊部位，跌跌撞撞、磕磕碰碰地跑開。

三巨靈見祂去得遠了，這才放聲大笑，連淚水也滾了出來。三個光屁股的死命恥笑一個開褲襠的，一百步笑五十步，倒也稀奇。鬧了一陣子，黑皮的史鐵若普斯拭去眼角淚水說：「這渾小子分明是個看門的小阿兵，還自稱是甚麼鎮門保戶大將軍哩！」

白面的阿爾給斯說：「我看是褲襠洞開大天兵還差不多。」

布龍鐵斯說：「可不是嘛！不過我們力敗颶風怪，奧林帕斯眾神全都親眼目睹，這渾小子卻不認識我們，不知是何來歷？」

史鐵若普斯說：「大概是那個甚麼戰神的新近召募來的小嘍囉。不管祂了，咱們上山去吧！」

路轉峰迴，花明柳暗，三巨靈來到半山腰的雲門前，各自睜起獨眼一看，不約而同停步發愣。舊雲門局促簡陋，毫不起眼，門後的山徑，兩側受參天峭壁約束，十分狹窄逼仄，如此大大有利於防守，現在卻是門面開闊，富麗堂皇，山徑也已闢成寬廣的參道，夾道矗立著一尊尊巨大的大理石像，雕的是奧林帕斯山眾主神，其實就是宙斯與其至親們，雅典娜也在其中。

這裡的守衛倒認得祂們，立即迎了上來，恭謹說道：「三位大神駕返，小神有失遠迎，諒請寬囿。」問明來意後，又說：「請三位在此稍停，待我稟報上司，再做定奪。」說完轉身就走，一去便是大半晌。三巨靈等得有些焦躁，正要發作，卻見前頭長長短短來了一夥神祇，為首的一位雄糾糾，氣昂昂，英挺挺，亮晃晃，若不是阿瑞斯，那還會有誰？

阿瑞斯走到三巨靈前頭站定，將長槍槍尖就地一插，右手握拳往自己左胸猛力一捶。三巨靈不知祂這舉動究竟是行禮，抑或示威，卻也絲毫不以為意。

阿瑞斯說：「我是統管聖山安全的戰神阿瑞斯，三位來意我已知曉，不過開天闢地偉大聖明、古往今來至尊至貴、八荒九垓恩澤廣被、勇武無匹智慧超群……的宇宙之王，目前無暇接見你們。請三位先上山休息，學習朝覲禮儀，熟練後再等待傳召。」

布龍鐵斯問說：「那得等多少時日？」

阿瑞斯說：「這可不一定。資質特好的也許三、五天就混充得過去，至於像閣下這副德性的，恐怕三、五千年也學不來半分。」

阿爾給斯和史鐵若普斯聞言，不由得心頭火冒三千丈，待要上前理論，卻被布龍鐵斯拉住手腕。

阿瑞斯無顯赫軍功而擔任戰神，飽受眾神嘲諷，此刻有意力挫令眾神聞風喪膽的獨眼族，好揚眉吐氣，但著實忌憚祂們的閃電棒，於是使出激將法，說道：「三位打敗颱風怪，又押解一干伸手族叛逆下地獄，立下好大功勞。恭喜三位獲得蓋娅所賜予的哭喪棒，才能從地獄之囚一舉翻身，成為天下無敵的大英雄，當真可喜可賀，可喜可賀。」

布龍鐵斯明白祂的心意，「嘿嘿」冷笑兩聲，把棒子迎風晃了幾晃，縮得比小指頭還細，塞進右耳裡，雙手往腰間一叉，衝著阿瑞斯說：「我就讓你這個賊瘟神連打一百拳，要是我兩腳移動半步，就算是輸，以後你每晚上床前，我幫你把腳底舔乾淨。」

阿瑞斯不由得皺起眉頭說：「我的腳底還輪不到你舔。」心裡隨即發起毛來，擔心對方故意落敗，自己雖贏了面子，卻要輸掉裡子。

「那你要怎樣？」

「你們三個模樣雖醜，個頭倒是不小，力氣也挺大的，要是當我的座騎，還勉強混充得過去。」

布龍鐵斯久居地獄，上回出世時，神造生物幾已滅絕殆盡，重返地獄期間與黑地斯及其僚屬鮮少交談，泰坦族又多半不屑運用獸力，因此一時之間實在弄不清楚何謂座騎，但也不願示弱詢問，挺起胸膛，慨然說道：「你要真有本事，我就當你這賊瘟神的座騎又何妨。」

「好，就這麼說定了。」

阿瑞斯體型雖遠不及獨眼族龐大，但是肌肉墳起，筋骨粗壯，力大無窮，一拳能打得山坍半邊。此刻祂嘴角露出獰笑，立定雙腳，輪轉手臂，正要出拳，卻聽得一陣急呼：「快快住手，有話慢慢講，休傷了和氣。」

布龍鐵斯循聲望去，來的是頭盔鞋子都生有羽翼的漢密斯，正自山上疾飛而下。

阿瑞斯本已蓄足全力，此時見到對手分心疏於防備，趕緊一拳揮出，豈知臂膀上竟突然纏繞著尖牙畢露、長舌吞吐的兩條蛇，四隻血紅眼睛直盯著自己，這一驚非同小可，急切間收勢不住，喀啦一聲，手臂脫臼，直痛得哇哇大叫，淚水長流。

漢密斯瞬間飛至，手中棒子揮了揮，收了二蛇，對阿瑞斯嘻嘻笑說：「沒叫你住手嗎？不聽兄弟言，吃虧在眼前，好生學著點兒吧！」祂是天下第一神偷，出世當晚就竊了同父異母哥哥太陽神阿波羅的五十條牛，吃了兩頭後賊事敗露，阿波羅登門問罪，祂萬般抵賴不過，而且牛死不能復生，只好用一把七弦琴還債。阿波羅後來靠著悠揚琴韻撩動無數芳心，大喜過望，就送給漢密斯一根能夠排難解紛的魔棒。漢密斯初獲至寶，在路上看到兩條蛇打得不可開交，於是唸動真言，揮動魔棒，二蛇從此盤繞在棒上，隨祂上天下地，幾乎形影不離。

二蛇脫離阿瑞斯手臂後，一名隨從趕緊前來探視，捧起阿瑞斯脫了臼的粗壯胳臂，又是搓，又是揉，關愛之情溢於言表。漢密斯有些詫異，不及細想，轉身對獨眼三巨靈說：「我這個兄弟著實不怎麼爭氣，冒犯了三位，還請海涵，倖勿見怪。」

三巨靈快意恩仇，既蒙祂施展空空妙手，才得以逃脫地獄之困，心裡十分感激，何況阿瑞斯自討苦吃，已然當眾出醜，自無怪罪之理。布龍鐵斯一拍自己後腦勺，嘻嘻笑說：「阿瑞斯跟我哥仨鬧著玩的哩，大家不打不相識，愈打愈親熱。」

漢密斯正色說：「三位不但威力奇大，驚天動地，還胸懷寬闊，豪氣干雲，當真好生難得，在下欽敬不已。父王已知三位大駕光臨，特別差遣我前來迎接，請三位隨我來吧！」隨即引領三巨靈往山頂行去。

漢密斯走過阿瑞斯身旁時，刻意打量那名隨從，突然厲聲喝道：「你好大的膽子，竟敢冒充禁衛軍，哪裡來的奸細，還不從實招來！」魔棒一揚，棒上二蛇作勢撲咬。

那兵急呼：「別咬，是我。」摘了頭盔，長髮飄散，舉手往臉上一抹，恢復嬌豔無匹的絕世姿容，赫然是愛神愛芙羅黛蒂。祂與阿瑞斯戀姦情熱，幾乎到了片刻不能分離的地步，也就大起膽子冒充軍士，跟隨阿瑞斯巡山，逮著機會就恣意歡好。正因有愛芙羅黛蒂為伴，阿瑞斯刻意要尋獨眼族晦氣，好在心上人面前大展雄風，豈知反而醜態畢露。

漢密斯素與赫菲斯托斯交好，雖未當真捉姦在床，不過阿瑞斯和愛芙羅黛蒂的親密關係，已然不言可喻，又見到愛芙羅黛蒂小腹隆起，似乎有孕在身，於是陰惻惻說：「阿瑞斯，你真是好樣的。赫菲斯托斯跟你都是天后希拉所生的親兄弟，你自己情婦眾多，卻還染指親兄弟的老婆。你們幹出醜事來，彷彿害怕全天下不知道一般，竟然在天門大道上公演起來。我迫不及待想看看父王和赫菲斯托斯會怎麼處置你們。」

阿瑞斯哀嚎頓止，急道：「不不不，事情不是你想的那樣……」欲待辯解，卻一時無言以對。

反倒是愛芙羅黛蒂見姦情敗露，將心一橫，挺起巍峨酥胸，往前突進，將漢密斯頂得連連後退，厲聲說：「赫菲斯托斯那沒用的傢伙，祂瘸了的腿子，倒比祂乾癟的那話兒還管用許多。我從來就沒正眼看過祂，我之所以嫁給祂，完全出於無奈。我都已經是祂老婆了，還要我怎樣？我愛我所愛，與我所愛在一起，乃天經地義，理所當然，到底有何不可？你這頭上長羽毛、腳邊生翅膀、三分不像神、七分倒像鳥、成天只會耍弄哭喪棒的傢伙，有本事就告上天庭去呀！赫菲斯托斯膽敢放個屁，老娘就馬上跟祂決裂。還有那個啥玩意兒的眾神之王，勾引不到老娘，就惱羞成怒，逼迫我下嫁給赫菲斯托斯那個沒用的醜八怪。你以為我會怕那個啥玩意兒的眾神之王嗎？老娘只須媚眼拋兩個，手指勾一勾，祂還不是像條哈巴狗一樣撲過來，隨我擺弄。哈哈哈……」

這位千嬌百媚的愛美神突然撒起潑來，大陣仗經歷不少的漢密斯，居然完全招架不住，囁嚅地說：「好，那咱們就走著瞧！」

愛芙羅黛蒂橫眉豎目說：「你要站著瞧、躺著瞧、趴著瞧、跪著瞧，還是蹲著瞧，悉聽尊便，老娘隨時奉陪。」漢密斯氣為之奪，飛羽垂了下來，欲振乏力，祂只得傻楞楞地盯著自己的腳趾頭，蹣跚地往山上踱去。方才給漢密斯捧得陶然若醉的獨眼三巨靈，此刻教愛芙羅黛蒂嚇得戰戰兢兢，不敢正視潑辣至極的祂，唯默默跟在漢密斯身後，緩緩前行。

後來赫菲斯托斯果真捉姦在床，吆喝來眾神聲討姦夫淫婦。豈料男神羨慕阿瑞斯，女神疾妒愛芙羅黛蒂，無一神指責祂倆，況且木已成舟，愛芙羅黛蒂懷了阿瑞斯的種，當眾要求下堂。赫菲斯托斯徒然自取其辱，負氣離家，前往埃特納火山的工場，日以繼夜地藉打造器具來宣洩滿腔悲憤。

第七章　天衣仙食

話說雅典娜的右腿遭那三頭惡犬克別洛斯咬得皮開肉綻，鮮血長流，幸得獨眼三巨靈解救。狗牙無毒，狗涎卻有，雅典娜回返天才居後，本以為傷勢無甚大礙，不料傷口又是疼痛，又是痲癢，身子一會兒發燒，一會兒發寒，靜養數日，逐漸復原，記掛著父王宙斯囑託的任務，隨即運起神力，獨自操控九張犁與九張機，日夜耕織不輟，不時想起林中奇遇，心裡又是喜，又是愁，一會兒微笑，一會兒蹙眉。素來對祂十分傾心的繆思九女神看在眼底，或者直接了當地詢問，或者拐彎抹角地套話，但每回祂都眼神閃爍，支吾其詞，於是取笑祂定是遇上了位風雅俊美、英雄蓋世的翩翩佳公子，才會如此魂不守舍。

九女神看雅典娜用九張機杼密密縫衣，因此各贈祂一首詩，詩云：

一張機，織梭光景去如飛，蘭房夜永愁無寐。嘔嘔軋軋，織成春恨，留著待郎歸。

兩張機，月明人靜漏聲稀，千絲萬縷相縈繫。織成一段，回紋錦字，將去寄呈伊。

三張機，中心有朵耍花兒，嬌紅嫩綠春明媚。君須早折，一枝濃豔，莫待過芳菲。

四張機，鴛鴦織就欲雙飛，可憐未老頭先白。春波碧草，曉寒深處，相對浴紅衣。

五張機，芳心密與巧心期，合歡樹上枝連理。雙頭花下，兩同心處，一對化生兒。

六張機，行行都是耍花兒，花間更有雙蝴蝶。停梭一晌，閒窗影裡，獨自看多時。
七張機，春蠶吐盡一生絲，莫教容易裁羅綺。無端翦破，仙鸞彩鳳，分作兩般衣。
八張機，回紋知是阿誰詩，織成一片淒涼意。行行讀遍，懨懨無語，不忍更尋思。
九張機，雙花雙葉又雙枝，薄情自古多離別。從頭到底，將心縈繫，穿過一條絲。

雅典娜啐走這幾個淘氣女神後，反覆咀嚼著詩中情味，吟哦至「君須早折，一枝濃豔，莫待過芳菲」時，不由得歇手，往鏡裡的嬌俏身影看去，纖指理了理雲鬢，而「停梭一晌，閒窗影裡，獨自看多時」的詩句，驀然躍上心頭，於是幽嘆口氣，待要再織，念及「薄情自古多離別，從頭到底，將心縈繫，穿過一條絲」，一陣莫名酸楚，如暗潮般自心底極深處湧起，往上直衝至眼鼻，香腮邊竟然滾下了晶瑩粉淚，滴滴都落在錦衣上，化成粒粒珍珠，當真是「回紋知是阿誰詩，織成一片淒涼意」。雅典娜驚覺，待要取起珍珠，卻已是牢牢嵌住。祂怕撕破錦衣，多日心血成為白費，只好任由珍珠遺留在錦袍上，繼續操杼織衣。

原來克別洛斯的三個頭對於食物各有所嗜，狗嘴裡蓄積了截然不同的毒液，分別是痴愛、厭憎、麻木，當日注入雅典娜體內的毒液正是痴愛。後來愛芙羅黛蒂與阿瑞斯的兒子小愛神丘比特因機緣巧合，獲得克別洛斯的三種毒液，用來浸泡箭鏃，對應的顏色分別是金黃、鉛灰、木棕，還拿著弓箭四處惹禍，甚至讓自己陷入與美女賽姬苦戀痴纏的窘境，但此為閒話，且不細表。

話說這一日雅典娜在天才居裡堪堪織就三件巨袍，兀自反覆察看是否有脫線之處，忽聞得一陣爽朗笑聲，心裡不禁一震，躊躇半晌，還是出外去尋，果然在四象園的一隅，看到那三個既陌生又熟悉的巨大身影。祂們坐在地上，兩手支地，雙腳前伸，身旁圍繞著許多珍禽異獸，一頭雄獅如同小貓咪般，正舔舐那黃膚獨眼神的腳底板，笑聲正是祂所發出的。

這時，又傳來嘻嘻哈哈的嚶聲笑語，一群女神翩然而至，圍繞著那三個獨眼神，秋波流轉，不住打量祂們，媚態百生，不一而足。有個女神大起膽子，上前踮起腳，用食指尖戳了下黑皮獨眼神極其粗壯的臂膀，說了聲：「欸！」同伴們不約而同爆出笑聲。三條巨漢瞇起獨眼，嘻嘻陪著笑臉，眼中火光搖曳，臉上笑意盎然。

雅典娜目睹這一切，不禁大感氣惱，扭轉腰肢，快步回返居處，看到那三件袍子，一把無名火起，拿起來就要撕碎，但不管如何用勁，這些看似輕柔、實則堅韌無比的袍子，居然伸縮自如，纖毫無損。雅典娜突然驚覺，暗怪自己孟浪，又不知自己為何情緒起伏如此之大，這是智勇雙全的祂，從未有過的經驗，正愁腸百轉之際，耳畔響起輕柔低沉的嗓音：「怎麼了，讓我頭痛的乖女兒，妳在想甚麼心事？」

雅典娜吃了一驚，轉身瞥了來者一眼，隨即垂目說：「沒……沒有，臣女哪會有甚麼心事，請爹……嗯……父王明鑒。」

來者正是宙斯。祂笑說：「這裡就只有咱們父女倆，叫我爹爹吧，親切多了。」

「是的，爹爹。」

宙斯從雅典娜手上接過袍子，翻來覆去看了看，問說：「這就是了吧？織好了嗎？」

雅典娜點點頭說：「是呀，爹爹進來前一刻才剛剛織好，只差染色而已，女兒正仔細檢查哩，並非在想心事，爹爹錯怪女兒了。」

雅典娜一再強調自己心無罣礙，其實有些兒欲蓋彌彰。宙斯是情場老手，不會不知，但祂此刻整副心思都在袍子上，也就不以為意，喜形於色說：「好好好，妳就快快把袍子染好顏色吧。宴請獨眼族三兄弟的事情，也準備妥當了嗎？」

「隨時可以，就等爹爹下令。」雅典娜親手栽種的橄欖樹雖屢遭妖怪破壞，殘存的尚可提煉足量的橄欖油。

宙斯空出一手撩撥祂的秀髮說：「我就知道，事情交辦給這個乖女兒，絕對萬無一失。」不等回答，宙斯便笑吟吟地放下袍子步出香閨，留下悵惘無限的雅典娜。

數日後的一個將暮時分，漢密斯引領獨眼三巨靈至無極殿外。祂見三兄弟的體型委實過於巨大，肯定進不了宮殿，於是笑說：「小殿容不了大神，還請三位委屈一下，縮著點兒吧！」

神族仙家既能幻化成鳥獸蟲魚，要變大縮小自非難事，只是變化後需要一段適應期，這期間原有的本領恐怕施展不開，反而更容易遭受對頭毒手（例如變成水滴的梅蒂絲，就讓居心叵測的宙斯給吞入肚子裡），而且畢竟不是原有真身，既不自在，也難持久，因此眾神輕易不弄這等玄虛，若真要變化，也僅專擅於少數幾個物種，以便大幅縮短適應期。

獨眼族從未耍過這花樣，布龍鐵斯臉現尷尬說：「我哥仨不擅長此道，待會兒獻醜，請上使莫要見笑。」說完，三巨靈紛紛扭腰擺臀，毛手毛腳地弄了半晌，身子的確縮小許多，但其中一個似乎得了巨腦症，一個成為大腳怪，另一個則是一手長、一手短、脖子凸、肚皮大，模樣說不出地滑稽。三巨靈彼此看看，互指對方，都滾在地上狂笑不已，喧鬧了好一陣子，才變出合適大小。祂們本就十分醜怪，所以此刻是否為原本模樣的等比例翻版，那就無足深究了。

漢密斯頗有耐性，也覺得有趣，瞇著眼任由祂們嬉鬧，看看差不多了，撫掌說道：「三位原本昂藏偉岸，而今可算得上俊俏雅緻，可得當心點兒，別讓奧林帕斯眾家姑娘瞧見，否則今夜恐怕脫不了身囉。三位請隨我來吧！」

阿爾給斯不知此話意在調侃，信以為真，不由得飄飄然起來，身子突地增長，腦門狠撞上門楣，撼動整座殿宇，搞得裡頭神心惶惶，直亂成一團。門前守衛見狀，把手中長矛往地上猛力一頓，厲聲喝道：「肅靜！」三巨靈原本一愣，隨即指著守衛的鼻子捧腹大笑。一干守衛面面相覷，弄不清楚祂們為何發笑。

漢密斯正色說：「一旦進了宮殿，請三位務必按照我教導的朝覲禮儀行事。這件事十分要緊，若出了亂子，我可萬萬擔待不起。」三巨靈早忘了甚麼朝覲禮儀，這時才覺得緊張，止住笑，忐忐忑忑緊跟在漢密斯身後進入無極殿。

殿堂甚深，一神衣飾華麗，高坐在遠端的王座上，階下挺立著幾個彪形侍從。三巨靈看那座上之神依稀便是宙斯，但昔日別時祂面淨無鬚，舉止毛躁，而今卻滿臉虬髯，挺拔威武，當真是神別三日，可得刮目相看。

漢密斯弓著身，低頭快步趨前，到了王座前，噗通跪倒說：「兒臣叩見偉大聖明至尊至貴恩澤廣被智勇超群的宇宙之王，現領獨眼族三兄弟在此，恭請陛下發落。」說完，往後擺擺手，示意三巨靈依樣畫葫蘆，而漢密斯對宙斯的尊稱已比阿瑞斯的簡化了許多。

三巨靈不禁大恚，心想：「老子在地獄裡頭苦雖苦，卻是何等逍遙自在，哪像天朝神國這般囉唆，臭規矩這麼多。更何況咱三兄弟只甘願參拜母親蓋婭，豈能向宙斯這渾小子下跪！當真翻了臉，難不成要來場大鬧天宮？」

祂們才要發作，就聽得宙斯柔聲說：「三位大神算起來可說是小王的父執輩，而且於奧林帕斯眾神有再造之恩，這世俗禮法豈是為天地英雄而設，我看三位大神就免跪了吧！」

獨眼三巨靈聽祂這麼說，反而有些不好意思。布龍鐵斯說：「痛快！我兄弟快意恩仇，偉大聖明至尊至貴恩……恩……」祂記不住王號全稱，即使是較為簡單的漢密斯版本，一直「恩」不出來，頓時面紅耳赤，十分尷尬。

宙斯起初對於眾臣子競賽似的獻上一大串的尊稱感到心曠神怡，聽久了反倒覺得囉嗦累贅，部分臣子還因此儘量躲避自己，難免誤了正事，這時笑說：「小傢伙們愛胡鬧，大神不用跟祂們一般見識，愛怎麼稱呼小王，就怎麼稱呼吧！」

布龍鐵斯更覺得窩心，說：「宙斯大王讓獨眼族得以逃脫地獄，我哥仨沒齒難忘，其餘廢話就不多說了。」祂日前聽西風神齊菲兒幫雅典娜轉傳的話語裡，有「沒齒難忘」這個詞，暗記在心，當下老實不客氣地用上了。

「好好好，好個快意恩仇！來來來，小王今日特地為三位大神準備了上好酒菜，咱們就來個大醉一場吧！」邊說邊走下座位，對三巨靈勾肩牽手，好生親熱，直往後殿行去，三拐兩轉，來到一間布置得極是清幽雅緻的長樂室。

四神分賓主坐定，宙斯擊掌三下，三個矮小僕役魚貫走入，端上酒菜，行了禮後便一齊退出，始終未發一語。巧的是這三個僕役也是黑白黃各一，而且其形貌舉止，透著難以言喻的詭異。

布羅鐵斯好奇問說：「這三個小哥是誰家子弟？模樣可真有趣，還跟我哥仨有些兒類似。」

宙斯呵呵笑說：「他們不是神，而是普羅米修斯兄弟所創造出來的神形偶，也可叫做『人』，不過還沒真正完成，充其量只能算是新版人類的雛型。不瞞三位說，普羅米修斯兄弟在創造這三個神形偶時，的的確確參考了三位的樣貌，才會做出三種膚色來。」

阿爾給斯驚訝道：「真的嗎？這敢情好，以後我們可得跟他們多親近親近。」

布羅鐵斯又問：「人是怎麼被創造出來的？這實在太神奇了。」祂覺得「人」比「神形偶」聽起來要有意思得多，也就直接稱呼他們為「人」。

宙斯回說：「說實在話，我雖貴為眾神之王，卻對造人之法不甚了了，這是伸手族的不傳之祕，普天之下，以普羅米修斯兄弟最精擅此道。」

史鐵若普斯對這三個神形偶比對造人一事還更感興趣，問說：「他們會說話嗎？」

宙斯答說：「他們懵懂無知，心智未開，卻是能夠做簡單應答，而且還會唱歌跳舞哩！」說完又拍了拍手，三個神形偶再次進來，恭立於宙斯面前。

宙斯下令說：「來段歌舞，以娛嘉賓。」

三個神形偶得令便翩翩起舞，引吭唱道：「一張機，織梭光景去如飛，蘭房夜永愁無寐。嘔嘔軋軋，織成春恨，留著待郎歸。兩張機，月明人靜漏聲稀，千絲萬縷相縈繫……」其舞姿曼妙，歌聲清越，甚至還會繁複的美聲三重唱。獨眼三巨靈聞所未聞，見所未見，驚訝得目瞪口呆。神形偶歌舞既罷，侍立於旁，一動不動，仿如木偶。

阿爾給斯問說：「他們能生小孩子嗎？要是可以的話，就生幾個送給我們吧！」祂覺得生小孩比造人要來得容易許多，是以有此請求。

宙斯說：「小王擔心神形偶穢亂天朝神國，所以他們全都非男非女，無法生育。」祂袍袖一揮，鼓動清風，掀起三個神形偶的下襬，果真沒有生殖器官。

史鐵若普斯驚道：「他們沒長棒槌，那要如何撒尿？」

宙斯笑說：「他們受神氣驅動，不飲不食，因此無屎無尿，否則天朝神國乃清淨聖潔之所，怎容得下卑賤人類的穢物？」

三巨靈有些兒不以為然，但又不便駁斥此論，一時無言以對。

宙斯趁機遣退神形偶，以免話題一直圍繞在他們身上，然後說：「大神們何不嚐嚐小女雅典娜為三位特製的『通心麵』。」

三巨靈正感腹飢難耐，聽宙斯這般說，如蒙大赦，拿起叉子便丟進闊嘴裡，咀嚼數下，仰脖子吞入肚腹，還連讚可口。宙斯似笑非笑，示範了飲食之道，再命僕役送進餐具來。

獨眼族從未吃過烹調食物，此次初嚐，又是天下第一聖手雅典娜親膾，因此可以想見其驚異之甚。布龍鐵斯讚嘆說：「王啊，老實說，我們三兄弟自從離開地獄以來，絲毫不認為世間有啥了不得的，甚至感到有些兒失望，似乎還不及地獄裡的生活悠哉自在哩！但是一上來天朝神國，看到許多奇禽異獸以及人類，覺得處處稀奇，事事新鮮，現在又吃到如此美味，才真正體驗出世間之樂。」

宙斯得意揚揚說：「伸手族茹毛飲血，粗鄙野蠻，直至我朝，才創烹飪之法，定御膳之制，因此即便是克羅諾斯王最豐盛的宴席裡，也絕無如此佳餚美饌。這些菜若還合三位口味，就儘量多吃些吧！」

接著酒菜川流而上，三巨靈不由分說，統統一掃而盡，直吃得挺胸凸腹。布龍鐵斯心滿意足地拍拍肚皮，肚臍眼裡突然迸出一物，滾落地面，居然是一頂黃金戰盔。那金盔隨布龍鐵斯身形變化而縮小，一離其身，即恢復原本尺寸。宙斯識得該物，下座拾起金盔說：「原來三位大神早已識得小女雅典娜。」

布龍鐵斯說：「那是令嬡？怪不得，當真是高山才流得出巨川，蒼龍可下不了耗子。這頂金盔還請大王費心，代為物歸原主。」又簡述當日情景，祂不明前因後果，說得沒頭沒腦，反而宙斯把幾件事兜在一塊兒，已經猜得八九不離十，心念電轉，隨即傳召雅典娜取袍子來長樂室，獻給獨眼三巨靈。

宙斯說：「小女雅典娜除了擅長烹飪外，針黹之技也算得上天下無雙，祂因感念三位大神相救之德，特別用天蠶絲、火龍筋、金羊毛、海妖髮、烏拉草等無上寶物，為三位縫製衣衫，聊以為報，三位大神幸勿見棄。」

布龍鐵斯說：「這些材料在下大多聽說過，只不知這烏拉草從何而來，有欠請教。」三巨靈在覲見宙斯前，曾接受過朝儀特訓，祂們一直不當回事，但這一頓飯下來，逐漸感受到眾神之王的威嚴，以及天朝神國的法度，說話不由自主地文雅起來。

宙斯答道：「這是天空烏拉諾斯誕生時的胎毛所化，只生長在不陰不陽、不生不滅、不增不減、不垢不淨、無始無終、如來如去、若有若無、似真似幻之處，極其珍貴，其他幾種材料僅做為陪襯裝飾罷了。嗯，就請三位大神試穿看看是否合身。」祂其實有所隱瞞。當烏拉諾斯遭閹時，部分恥毛順帶被割下，因沾染了精血與怨念，且散落在荒僻猛惡的沼澤地，擁有極為強大的魔力。

三巨靈不知實情，信以為真，依言接過相應顏色的袍子穿起，又繫上腰帶。這些袍子果真是稀世奇珍，能依穿者的體型自動變化，因此異常貼身，穿著竟比渾身光溜溜還來得舒適。獨眼三巨靈從未穿過任何衣服，此刻滿心幸福洋溢，感動得淌下熱淚來。祂們眼裡本有烈焰，淚水滾燙，滴落地板，嗤嗤作響，冒出縷縷白煙，蒸融了袍上雅典娜淚水所化珍珠，浸染袍面，散發出晶瑩柔和的光暈。

布龍鐵斯眼裡烈焰閃爍不定，哽咽說：「大王父女贈寶衣、賜美食，如此厚待我們三兄弟，今後大王但有所命，我們三兄弟必定竭力效勞。」

宙斯慨然說：「今宵有酒，且圖一醉；他日之事，暫拋兩旁。請諸位回座，咱們再進些酒菜吧！」

雅典娜敬陪末座，卻不飲食，只低垂粉頸聽祂們對談，一雙秀目不時瞟向獨眼三巨靈，心裡滋味還多於桌上酒菜。

待喝過整整三條巨川大河之量的美酒，宙斯見祂們已顯醉意，而且窖藏將盡，再這麼消耗下去，眾神無酒可喝，肯定造反，於是進入正題，說道：「三位大神所擁有的棒子，威力著實驚天地、駭鬼神，蓋婭祖母曾提到是祂幫忙打造的，但說得沒頭沒尾，小王困惑已久，此刻斗膽請問其具體來歷。」

「我們三兄弟被天王老子烏拉諾斯擠迫到地獄最深處，無飲無食，只得飢吞堅礦，渴飲炎漿，地底壓力又大得異乎尋常，經年累月下來，體內蓄積了極其巨大的能量，無法宣洩，身體似乎就要炸裂開來，痛苦非常。母親蓋婭給我們食用一種東西，可以吸收我們體內的能量，排泄出來後，母親蓋婭指示我們趕緊用這些排泄物打造成一把鐮刀……」

宙斯插嘴問說：「莫非就是俺老子克羅諾斯閹割祂老子烏拉諾斯的那把？」

布龍鐵斯點頭回說：「正是。就在克羅諾斯閹割烏拉諾斯的一瞬間，那把鐮刀因製作倉卒，很不堅實，竟被震得粉碎，還沾了烏拉諾斯的精血。我們三兄弟從未享用過血食，瞧著可惜，就吃了那堆鐮刀碎粉。誰知道克羅諾斯忘恩負義，使出奸計，把我們三兄弟關進監牢裡，還命塔爾斯親自嚴加看守。我們的處境比先前來得更加悽慘，連適口充腸的堅礦也沒有了，在不得已之下，只好吃自己的排泄物，如此反覆吃進去、排出來不計其數次後，排泄物逐漸凝結成棒狀，再奉母命，運使眼中的烈焰加以冶煉，於是乎煉製成了這三根棒子。」

宙斯點點頭說：「原來如此。三位大神當真是因禍得福，從此天下無敵。」忽然臉色一沉，悠悠嘆了口長氣。

布龍鐵斯大惑不解，問說：「大王號令天下，主宰宇宙，說風是風，要雨就雨，還有甚麼事情能讓您煩心呢？」

宙斯皺眉說：「三位大神有所不知，小王坐這個位子，簡直如同坐在火山口，當真寢食難安，時時刻刻都得提防有內神反叛，或外面的妖魔鬼怪來犯。且不說別的，當初若非三位大神挺棒相助，奧林帕斯眾神此刻想必正在地獄深處啃石頭、喝炎漿哩，哪有華服可穿、佳餚可享呢？」

布羅鐵斯知祂心意，一拍胸膛說：「大王莫愁，此事包在我們兄弟身上，準教大王得以高枕無憂。」說完便拉著兩兄弟一齊告退。宙斯假意勸留，但三巨靈執意要走，宙斯也就笑吟吟地看著祂們晃著酒步離去。

第八章　水火不容

三巨靈出了無極殿，隨即恢復原本真身，舒鬆筋骨，緊貼於身體的衣服與繫帶也跟著變大，毫無拘束感。祂們疑慮盡去，再度嘖嘖稱奇。

待回到四象園裡的居所，史鐵若普斯見四下無其他神，衝著布龍鐵斯劈頭就問：「我說兄弟啊，咱們歷經了無數苦難，才鑄造出這三根閃電棒來，這會兒要上哪兒再去弄來送給宙斯呢？你剛剛未免把話說得太滿了吧！」

阿爾給斯摀住屁眼，瞪大獨眼，高聲說：「就是啊，可別指望我再拉出根棒槌來，那簡直是活受罪。」

布龍鐵斯說：「誠如二位所言，咱們兄弟若非吃盡苦頭，再加上機緣巧合，等閒還弄不出這閃電棒來，因此普天之下不會再有別根。更何況就算咱們願意再下地獄，為宙斯大王鑄造閃電棒，那得耗費千百萬億年，未免緩不濟急。」

祂的兩個兄弟聞言，各自睜大獨眼，驚問：「你言下之意，莫非是要……」

布龍鐵斯不待祂們問完話，點點頭說：「正是如此。」

史鐵若普斯緩緩搖著頭說：「不是我故意要跟你唱反調，不過……，不過……」

布龍鐵斯說：「兄弟間沒甚麼話不好說出口的，你儘管說吧！」

史鐵若普斯先噍了口唾沫，這才說：「我覺得你這個想法稍欠妥當。」

阿爾給斯附和說：「可不是嘛，我其實也這樣子認為。況且宙斯大王就算本事再大，也絕計無法同使三棒，閃電棒送給祂，也只能算是白搭。」

布龍鐵斯說：「這倒不成問題，要是二位願意的話，我有個打算。」祂頓了頓，然後把想法跟兩個兄弟說了。

史鐵若普斯說：「姑且不論我們願不願意將閃電棒送給宙斯大王，要知道陽間可不比地獄，哪有辦法發出這麼大的火兒？」

阿爾給斯突然打了個嗝，酒氣上湧，獨眼中烈焰暴長，差點燒著史鐵若普斯，把祂嚇得哇哇大叫。布龍鐵斯見狀，拍著肚皮，喜道：「妙啊！妙啊！要發大火，儘往這裡著……」祂止住話語，臉轉陰鬱，沉聲說：「當然，這件事必須得到你們的首肯才行。」

獨眼族三兄弟打一出生起，即患難歷劫，一直形影不離，脣齒相依，平時雖會相互鬥嘴，彼此調侃，但從未當真有過歧見，這回可是破天荒以來頭一遭，心裡難免有些疙瘩，都低下頭去，默然不語。

忽然大地震動，隱隱傳來了即使是神族也會感到極度不安的悶響，三巨靈面面相覷，不明所以。須臾，漢密斯飛奔而來，身未到而聲已至：「禍事了！禍事了！」

三巨靈趕緊迎了出去，布龍鐵斯問說：「出了啥禍事，讓你緊張成這樣？」

漢密斯止住身形，說道：「太古水神龐多斯不滿今上繼任為眾神之王，竟然傾盡七海之水，要水漫奧林帕斯山，已經淹死世間眾生不計其數。」

布龍鐵斯說：「竟有此事！快帶我們去會會龐多斯。」

漢密斯道：「這正是小神的來意。」

四神疾奔至現場，宙斯也「恰好」同時抵達。祂清了清喉嚨，賠笑道：「龐多斯叔公，好久不見，您老可別來無恙？」

龐多斯語聲嘩嘩，說道：「宙斯，你這個居心不良的臭小子，別跟我亂攀關係，亂套交情。」龐多斯畢竟是跟蓋婭、烏拉諾斯同等級數、擁有無上力量的太古水神，說話時飛沫噴濺，其水量豐沛，流速可怖，一干道行不高的小神禁受不住，被祂的唾沫星子沖擊得立足不穩，東倒西歪。

宙斯皺了皺眉，沉聲說：「您老先別急，有話慢慢說。」

龐多斯哼了聲說：「慢啥慢，再慢恐怕就讓你這臭小子得逞了。」

宙斯再度賠笑道：「叔公真愛說笑。敢問叔公，您今日大駕光臨敝處，不知有何見教？」

龐多斯勃然大怒道：「我說你他奶奶個笑！見你他奶奶個教！我問你，你老實回答我：你一而再、再而三地派遣你兄弟波塞頓到我的領域窺探，究竟想幹甚麼？大地和地獄都已經歸你管了，天空也遭受你的脅迫，我弟弟山神烏瑞亞屈服於你的淫威之下，甚至給你挾持來了，現在你還想怎樣？難不成也要算計我嗎？」祂愈說愈激動，伸展雙臂，往前一揮，無量海水瞬間猛烈拍擊山腰，造成巨大山崩。眾神紛紛走避，走避不及的，給壓在土石之下，哀嚎不已。

宙斯見狀，不怒反喜，嘻嘻笑說：「叔公老當益壯，威力猶勝以往，姪孫看了，真是滿心歡喜。」所謂「伸手不打笑臉神」，龐多斯有點兒不好意思，於是罷了手，大水也就逐漸退去，奧林帕斯眾神趕緊挖出埋在土石下的同伴。

宙斯說：「叔公息怒，請聽姪孫解釋。」

眼前眾神都是龐多斯的晚輩，冤有頭債有主，正主兒是宙斯，龐多斯打算給予眾神些許救難時間，但不願明講，便說：「你有屁就放吧！」

「眾所周知，烏拉諾斯之所以退離遠遁，是因遭受俺爹克羅諾斯閹割，那時姪孫還未出生，該事自然與我毫無關係；塔爾斯被壓在奧林帕斯山底下，則純屬意外；……」祂說到這裡頓了頓，瞥了瞥獨眼三巨靈，續道：「蓋婭背轉身子，撒手不管世事，那也是出於祂的自由意志；……」

宙斯提及「自由意志」，忍不住微微一笑，並覷了覷若有所思的普羅米修斯一眼，又說：「烏瑞亞叔公交代姪孫照管群山，那是祂老人家對於晚輩的提攜與看重，姪孫十分感念，自當勉力承擔。況且祂有意過過清閒日子，長輩既然有此需求，晚輩甘服其勞，於是將祂迎請來敝處，以便晨昏定省，隨時承歡膝下，實在擔不起『挾持』的指控。至於我兄弟波塞頓一再到您的領域轉悠，其實也是出於姪孫的一片孝心……」

「甚麼孝心？我看是狼子野心吧！」

「叔公這麼說，真的是錯怪姪孫了。」

「我怎麼錯怪你這臭小子了？」

「原始五神或已老成凋謝，或者不問世事，或者鴻飛冥冥，蹤跡杳杳。蓋婭分裂出來的包含您在內的天、海、山三兄弟，如今分散於天涯海角，其中烏拉諾斯爺爺有亞特拉斯照看，烏瑞亞叔公正在敝處盤桓，姪孫實在擔心孤零零的您呀，很想知道您過得好不好，或許您也願意搬來敝處跟胞弟團聚，並讓姪孫聊盡孝道，因此差遣波塞頓去探望您，但又擔心遭到您誤會。」

「你可別花言巧語說得那麼好聽。」

「天地良心，以上都是姪孫的肺腑之言。」

「天地不全都歸你管嗎？你欺天瞞地，誰能奈何得了你，還說甚麼『天地良心』！這樣子吧，你要是真有一丁點兒良心的話，那麼就爽爽快快答應我三件事。」

「敢問是哪三件事呢？」

「首先，撤掉頂住烏拉諾斯傷口的亞特拉斯，還祂祖孫倆自由；其次，釋放被壓在奧林帕斯山底下的塔爾斯，並讓祂重掌陰曹地府；第三，迎回蓋婭，恭請祂擔任眾神之王。當今所有神祇，幾幾乎都是蓋婭的後代，祂既慈愛，又不具私心，因此除了你之外，應該不會有任何神不服祂的統治。按照我這樣的安排，才有望天下太平，否則無論天上、世間或地下，將永無寧日。」

宙斯尷尬笑了笑，說道：「時代在進步，咱們神族也應當與時俱進，老一輩的神該退位享清福了，天上、世間和地下所有大大小小的雜事，就讓年輕一輩來操心吧！」

龐多斯板起面孔說：「說到底，你還是要掌控一切，那也包括老子的領地吧！」老神一向缺乏倫理觀念，還常常搞混輩分，龐多斯誤以為「老子」大於「叔公」。

「我可沒這樣子說，您雖然是長輩，可也不能隨意栽贓我，要知道我畢竟是眾神之王。」

「你沒這樣子說，心裡難道沒這樣子想嗎？哼哼，眾神之王就了不起啦？我呸！」龐多斯脾氣上來，使勁吐出好大一口唾沫，土石再次轟隆隆崩坍而下，才被解救出的可憐眾神，不少再度慘遭活埋。

宙斯憤然說道：「龐多斯，我敬你是長輩，對你一直以禮相待，你可別太過分！」

龐多斯仰天哈哈大笑說：「我就過分，你要拿我如何？」祂笑聲突止，轉為淒厲咆哮，因有三股異常猛烈的火焰，分別燒向祂上、中、下三路。

發火的自然是獨眼三巨靈，祂們實在受不了龐多斯如此咄咄逼神，顧不得尊卑長幼，火冒三千丈，疾噴向叔父身上。

龐多斯猝不及防，表皮瞬間化為滾燙蒸汽，一時不成神形。然而祂畢竟是擁有無上神力的太古神祇，立即催動洶湧海水回補，逐漸恢復原貌。三巨靈僅僅喝了約莫三條大河之量的酒，遠遠不能跟七海千江萬川之水相提並論，但因這裡位於山上，祂們占了莫大地利優勢，才暫時得以跟龐多斯相持不下，不過總有耗盡酒精之時，於是大喊：「酒，快拿酒來，愈多愈好。」

宙斯瞧出端倪，吩咐屬下立即搜括天朝神國所有的藏酒過來，並指示酒神戴奧尼修斯加緊釀酒。戴奧尼修斯獨力難堪緊急重任，於是邊做邊教半人馬族釀酒，並隨釀隨馱至三巨靈身邊。三巨靈嘴巴痛快暢飲醇酒，眼睛發出熊熊烈火，龐多斯則不斷提取海水相抗，四神直弄得天地間霧氣蒸騰，既溼且熱，有些神禁受不住，咕咚倒地，暈了過去。

這一架足足打了上億年，表面上雙方可謂勢均力敵，實際上並非如此。三巨靈久處地獄最深處，本就不畏高熱，樂得有源源不絕的美酒可喝，而醇酒剛入肚，酒精立即燃燒掉，無酒醉之虞。龐多斯卻苦不堪言，祂生而為無上水神，長居於冰冷的深海底部，養尊處優慣了，哪曾受過這種罪，且身上水分不斷流失，瀰漫於天地間，只得咬緊牙關勉力支撐住，再這樣下去，終究要鎩羽而歸。

就在龐多斯起心動念打算撤退之際，三巨靈忽然紛紛伸手摸了個空，全都不由得吃了一驚。原來眾神忍耐不住長時間的高溼高熱，皆已委頓在地，奄奄一息，酒神戴奧尼修斯與半人馬族自然也無法倖免。三巨靈得不到醇酒供應，眼中熊熊烈焰也就逐漸熄滅，戰局頓時逆轉。

龐多斯喜出望外，得意揚揚，仰天狂笑。突然，一道眩目霹靂伴隨著驚天巨響，擊打在祂的身上，祂笑聲立止，全身上下頓感麻痺刺痛，那種難受，完完全全形容不出。龐多斯一下子矇了，好容易才恢復過來，剛抬起頭，緊接著又是一道閃電劈來，然後又是一道。電閃雷鳴接續不斷，直把龐多斯電得一佛出世，轟得二佛升天，祂不禁怨怪起蓋婭當初為何要分裂出祂來受現在這種罪。天地間正處於一團溼熱的情況下，一道道閃電不斷擊打在凝聚著非凡神力的龐多斯身上，居然迸發出不可思、不可議的遺傳物質來，進而孕育出嶄新的生命型態，開創了別開生面、出神意表的生命演化途徑。

這一場惡鬥前前後後歷經數十億年，四神原本蘊藏的力量，無論再如何無窮無盡，也不堪如此銷磨耗損，雙方拚搏到後來，全憑意志力苦苦支撐。倚靠在山壁上的三巨靈，久久才得以發出一道閃電；跪坐癱軟的龐多斯挨了電擊，只悶哼一聲，連哀嚎的力氣也沒了。

天地間的溼熱狀況逐漸緩解，暈厥的眾神當中，第一代眾神之王天空烏拉諾斯率先甦醒過來，但腦子依舊昏昏沉沉，心中的新仇舊恨疊加一起，憤怒至極，顧不得遭閹割的下體仍被亞特拉斯牢牢頂住，盲目揮出一拳，往熱源使勁打去。烏拉諾斯這一拳，居然打散了龐多斯碩大無朋的身形，餘勢不衰，拳頭著落在當今的猶加敦半島一帶，造成好大一個窟窿，大地劇震，土石迸濺，濁浪滔天，使得在無神操弄之下自行演化了數十億年的億萬生物，絕大多數都慘遭滅絕。

因潛藏於深海而得以大致保持清醒的波塞頓，事先獲得宙斯與普羅米修斯面授機宜，去到冥府拘提出原本主掌海洋的第一代泰坦神歐開諾斯，趁這個突如其來的天賜良機，在歐開諾斯的協助下，趕緊切斷龐多斯的後援。本就精疲力竭的龐多斯，缺乏後續海水的補給，已被烏拉諾斯打得碎裂的身形，一時之間無法再行凝聚，祂也就無聲無息、不著痕跡地滲入地表之下，從此伏流隱動，等待復仇的時機到來。

太古水神龐多斯敗走，從此銷聲匿跡，遺留下廣大的海洋江河湖泊川溪，以及為數眾多的海仙女、水仙子（統稱為寧芙女神），奧林帕斯陣營老實不客氣地統統接收了。普羅米修斯請求宙斯將寧芙女神中最具智慧的普羅諾雅賜給自己為妻，祂倆彼此傾慕已久，但龐多斯甚為鍾愛這個親孫女，一直從中作梗，使得好事難諧。宙斯見普羅諾雅端莊有餘，風韻不足，不是自己喜歡的類型，而且急著跟波塞頓競相獵豔，也就爽快答應了。幾個性格剛烈的海仙女不願屈從宙斯兄弟倆，宙斯憤而將祂們許配給恐怖巨大的百手族，以做為懲罰，正如同曾堅拒宙斯求歡的愛芙羅黛蒂，被宙斯許配給醜陋無趣又瘸腿的赫菲斯托斯。跟龐多斯的這場曠世惡鬥，駐守在地獄看管泰坦神犯的百手族根本沒出任何力，卻意外獲得嬌妻美眷，祂們自然而然對宙斯感恩戴德，還出奇地對妻子十分溫柔順從，畢竟手多，可在操持繁瑣家務的同時，還能幫老婆編髮辮、化美妝、捏肩膀、揉腰眼、捶腿子，羨煞早已被宙斯哥倆玩膩拋棄的大小姨子們，除了其中一位。

龐多斯與蓋婭所生長子愛琴海神涅羅斯，最鍾愛的女兒忒提絲美貌出眾，搖曳生姿，在眾多姊妹中脫穎而出，一枝獨秀。好色的宙斯一眼就相中一直受到父親嚴密保護的祂，化身為一隻巨鷹凌空擄掠，正要把祂強行擄走之際，涅羅斯情急智生，宣稱忒提絲曾遭到詛咒，其長子的力量會遠超生父。宙斯實在不甘願放棄已在掌握中的絕美仙女，但更加憂懼遭到兒子推翻，於是將忒提絲軟禁起來，不讓任何男神接近，還命百手族予以看守（這也是宙斯賜婚海仙女給祂們的原因之一）。忒提絲小姑居處本無郎，宙斯不時前來與祂耳鬢廝磨，情話綿綿，卻不曾真正魚水兩歡，反倒讓生活單調、心思單純的小姑娘意亂情迷，誤以為自己與宙斯之間是真情純愛。

宙斯的奮擊　100

第九章　神王失陷

龐多斯與獨眼族這場驚天地、泣鬼神、長達數十億年的水火大戰甫落幕，眾神一個個醒轉過來，如獲重生。歷此曠世大劫，天朝神國免不了要大肆慶祝一番，只可惜所有美酒全都給獨眼巨靈族三兄弟喝得涓滴不剩，未免大大掃興。然而畢竟祂們情有可原，眾神不好說些甚麼，而且經此一戰，只有更加畏懼祂們強大威力的份，哪還有埋怨責怪祂們的膽，只一逕催促酒神戴奧尼修斯協同半人馬族加緊釀酒。

奧林帕斯政權獲得龐多斯遺留下的廣袤領地，宙斯任命喜怒無常、胸無大志且性好漁色的兄弟波塞頓統領海洋，但陸地上的江河川溪則劃歸給其他神主掌，包括原始海神歐開諾斯，以免波塞頓的勢力過於龐大而危及宙斯的權位。歐開諾斯是宙斯元配梅蒂絲的父親，被禁錮在地獄裡老長一段時間，早已銷磨掉為愛女報仇雪恨的意志，祂能夠獲釋並掌握一些職權，深感意外之餘，也跟百手族一樣，對宙斯感恩戴德，再讓漂亮的外孫女雅典娜撒過幾次嬌，更覺老懷彌暢，自無異心。如此一來，地獄海洋諸外藩的統領，皆為宙斯的親兄弟，天朝神國中的高官大員，多屬宙斯的親子女，然而祂依舊寢食難安，深怕主宰地位遭到篡奪，權勢愈重，憂慮愈深。

獨眼三巨靈力抗龐多斯，理當居功第一，不過祂們甚麼都不要，正中宙斯下懷。宙斯惺惺作態，連表遺憾，指示雅典娜大展廚藝，好生款待祂們，三兄弟直吃得心滿意足，頻發讚語。

這一日玉樓宴罷，三巨靈返回居所坐定，布龍鐵斯摩挲著大肚腩，有感而發道：「宙斯大王對咱們兄弟真好，無奈何咱們僅能偶爾幫祂出出力氣，還不足以永久解除祂心頭大患，每回看到祂暗地裡愁容滿面，卻還要對咱們強顏歡笑的模樣，我就覺得十分難過。」

史鐵若普斯聽出祂話中有話，從耳道中掏出閃電棒晃了晃，恢復原尺寸，皺眉說道：「嗯！這棒子我早嫌帶得累贅，成天塞在耳朵裡頭，其實挺不舒服的，還老是長耳屎，搞得我癢得要命。」

阿爾給斯附和說：「可不是嘛！送給宙斯大王也好。跟龐多斯打的那一架，真是辛苦非常，將來要是再來甚麼妖魔鬼怪，就由宙斯大王親自出手打發，咱哥仨無棒一身輕，樂得無所事事，整日吃香喝辣，從此逍遙快活。」

布龍鐵斯說：「既然咱們兄弟有志一同，本該即日起努力鍛鑄，以回報宙斯大王的深情厚意，不過目前美酒供應不足，咱們沒喝足量的酒，可發不出大火來，這件事勢必得暫緩。」

祂的兩位兄弟都嘆氣說：「唉，也只好這樣子囉！」

祂們的這番對話，自有細作密報給宙斯。宙斯沉吟了會兒，不跟其他神商量，逕自頒布嚴令：自即日起，新釀之酒半數列為貢品，須上繳至無極殿，不得有誤，違者嚴懲不貸。

此令一發布，眾神俱譁然，謗議洶洶，怨聲載道。然而宙斯權大勢大，非但滿朝權貴皆為祂的至親或姘頭，而且祂還有獨眼巨靈族撐腰，祂既然打定主意硬幹到底，眾神無可奈何，雖然滿肚子牢騷，也只得遵照辦理，天朝神國從此再無寧日，天天都發生許多樁眾神為了搶酒喝而大打出手的情事。普羅米修斯眼見事態鬧得實在太不像話，上朝奏請宙斯收回成命，自然而然碰了一鼻子灰，徒呼負負。宙斯暗笑先見神普羅米修斯其實是個見事不明的傻子之餘，不忘再去勾搭祂親娘泰美絲。泰美絲的老公早就被發配地獄，泰美絲卻接二連三珠胎暗結，至於究竟是誰播的種，眾神心照不宣。普羅米修斯有苦難言，其弟阿比米修斯倒是豔羨宙斯不已。

眾神打打鬧鬧了好一段時日後，宙斯估量存酒已足，為防止意外發生，親領重兵，將大批大批的美酒押赴四象園，另外備置無可計量的厚脂肥甘，說是要犒勞獨眼三巨靈，以獎賞祂們力退龐多斯。

三兄弟承蒙宙斯駕臨厚賜，不禁感激涕零，吃飽喝足後，找了座神跡罕至的金屬礦山，將餘酒剩菜悉數搬來，藉著滿肚腸醇酒肥油，眼睛發出沖天烈焰，燒向三根閃電棒，要將它們熔合為一。到了七七四百九十萬年後，三巨靈已是形銷骨立，不成神形，別說酒精，連祂們身上原有的陳年油脂也沒剩下多少，只能眼睜睜看著火焰漸弱，鍛鑄的工作卻始終還差那麼一點點——三根棒子雖都燒得通紅軟折，卻無法接合在一起，而祂們已吃慣佳餚美饌，再也吞不下礦石草木，能量補充不上。

阿爾給斯疲乏地說：「兄弟啊，我不成了，再這麼折騰下去，咱們可全都要報銷了。」

布龍鐵斯說：「再撐著點兒吧，就快鑄成了。」

史鐵若普斯忍不住質疑說：「一百萬年前你就已經這麼說了，現在咱們連骨頭裡的油都快耗盡，接下來要拿啥當燃料？」

布龍鐵斯忽然想起這三棒原為一刀，在沾染烏拉諾斯血液的瞬間化為齏粉，心念一動，喊道：「兄弟們注意，別讓火熄了！」祂這話才說完，張口狠咬自己的手腕，頓時鮮血狂湧，噴向那三根棒子。

在史鐵若普斯與阿爾給斯的驚呼聲中，三根閃電棒居然有了熔合的跡象。布龍鐵斯喜道：「這法子似乎管用。」還要再咬自己另一隻手腕，史鐵若普斯搶先這麼做了，接著阿爾給斯也如法泡製。三巨靈輪流放血，所幸在祂們的血液流乾前，三根閃電棒已熔合為一。三兄弟見大功告成，喜極而泣，眼淚瞬間給餘燼蒸發，化為絲絲白煙。良久之後，三巨靈稍稍恢復精神，拖命回返天庭。

宙斯聞訊，倒屐出殿迎接，明知故問說：「愛卿，這麼些年來，你們究竟去了哪裡？可想煞我了！現在可好，你們終於回來了，只是你們怎麼會瘦癟成這樣子呢？」

三巨靈疲弱不堪，勉強笑笑，聊作回應。布羅鐵斯隨即費力地奉上一根金光耀眼的棒狀物。

宙斯心裡突地一跳，接過那根棒子，嘴裡假意說道：「這是甚麼？算了，算了，先別告訴我，目前再沒有甚麼事，比讓你們好好休息更加重要。」吩咐左右，將三巨靈攙扶入後殿歇下，自己則興致勃勃地把玩著那根棒子，但不好在殿內「大發雷霆」，以免劈倒宮殿，也就止不住心癢難搔。

須臾，後殿傳來如雷鼾聲，弄得偌大宮殿隨之起伏搖晃，宙斯頗感左右為難，一時間無法決定是否要叫醒呼呼大睡中的三巨靈。事有湊巧，就在這當兒，奧林帕斯山下忽然傳來隆咚咚戰鼓聲響，示警有強敵來犯。宙斯甫獲至寶，躍躍欲試，沒喚醒三巨靈，親自領軍前往迎敵，出了山門，乍見來者，不禁諕了一大跳。對方是一百五十個人身龍尾的巨漢，每個的塊頭居然都明顯超過獨眼族。

宙斯寧定下來，暗忖：「這些傢伙雖然大得出奇，但還大不過颱風怪，要是連颱風怪也敵不過閃電棒，那麼自己也可用這根棒子輕易打發掉祂們。那三個獨眼怪出走的這段期間，眾神愈來愈不服王化，本王正好顯顯手段，藉這些大塊頭來立威，好讓底下眾神知道本王的厲害，看祂們以後還敢不敢作怪。」

宙斯主意既定，揚起手止住眾神跟隨，獨自前行，喝道：「來者通名，本王雷霆杖下不劈無名小輩。」祂臨時為手中棒子取了響亮名稱，以壯聲勢。

那群巨人之一跨出一大步，來到宙斯面前，俯視道：「宙斯，你這目無尊長的狂妄臭小子。我們屬於魁幹特斯族，是天父烏拉諾斯的鮮血流淌在地母蓋婭身上所化生的，因此我們應該都算是你的叔父，哪裡是無名小輩，而我是族長波爾費里翁。」

當初烏拉諾斯被兒子克羅諾斯閹割時所噴濺出的精血，變現為通稱為哀厲怒嘶的復仇女神族，祂們酷嗜挑撥骨肉，離間手足，唆使至親反目成仇，彼此攻訐殘害。眼前體型碩大的魁幹特斯族，則是上回烏拉諾斯傷口破裂時流出的血液化生的，長成茁壯後，受到哀厲怒嘶姊姊們的慫恿，前來奧林帕斯尋釁。

宙斯一聽說祂們的來歷，心中忍不住罵道：「烏拉諾斯和蓋婭這兩個老不死，表面上不問世事，卻一而再、再而三暗地裡興風作浪，當真可惡之至，將來就別犯在我的手裡。」嘴裡輕蔑說道：「不知打哪兒冒出來的野毛神，好意思摸上門認親戚，還硬充當長輩。且吃我一棒！」

祂怒氣勃發且急欲表現，掄起雷霆杖，凌空往波爾費里翁身上一指，卻甚麼玩意兒也沒發出，恰好戰神阿瑞斯這時放了個響臭之屁。波爾費里翁哈哈大笑說：「宙斯，我本以為你號稱眾神之王，肯定有啥了不得的本事，原來只會放臭屁。」

宙斯猶不死心，連連棒指對方，這會兒連屁也沒聽見一聲半響。波爾費里翁耐不得煩，俯身伸手去抓宙斯，阿瑞斯趕緊挺槍上前救駕。波爾費里翁右手中指搭在拇指上一彈，把阿瑞斯彈得大老遠，左手將宙斯如同蟑螂般抓在掌心裡，轉身跟族人一同大踏步走了。眾神頓失主上，一時呆若木雞，不知所措。普羅米修斯要漢密斯趕緊回宮搬救兵，而救兵自然是獨眼巨靈族。

獨眼巨靈族乍聞此一噩耗，立即翻身而起，急匆匆跑下山去追趕魁幹特斯族，但這多災多難的三兄弟元氣未復，且寡不敵眾，又失去了閃電棒，被一百五十條人身龍尾巨漢團團圍住、痛毆一頓後，鼻青臉腫地返回奧林帕斯山。這是祂們出到世間首度遭受挫敗，免不了垂頭喪氣。

奧林帕斯眾神見到獨眼三巨靈的狼狽模樣，宙斯也沒現身，先是一愣，緊接著不約而同手舞足蹈，歡聲雷動。此因宙斯權勢愈大，對眾神的管控愈嚴，法令規章一條接著一條頒布實施，還不容議論，弄得眾神早就離心離德。現在可好，沒了所謂眾神之王，大夥兒不再受重重拘束，正好可以為所欲為。戰神阿瑞斯不思救父，率先拉著愛芙羅黛蒂進到有情宮去胡天胡地；天后希拉逮著老公遭擄走的大好機會，縱情凌虐宙斯的諸多姘頭和私生子女；眾神紛紛搶酒、搶寶、搶女神，肆意大搞破壞。天朝神國亂成一團，宙斯當年起義時揭櫫的是非、善惡、秩序、正義，已經蕩然無存。

普羅米修斯制止不了這個混亂場面，只得先遣漢密斯速往四方發布勤王號令，安頓好妻子普羅諾雅和幼兒杜卡利翁後，隨即偕同雅典娜、赫菲斯托斯等寥寥數神，與獨眼三巨靈避往四象園，一方面等待漢密斯回覆，另方面共商營救宙斯的大計，三個神形偶隨行伺候。

漢密斯去後未久，即獨自怏怏歸來，攜回了一連串的壞消息：宙斯有五個同胞手足，天后希拉就甭提了，祂巴不得宙斯一去不回，自己或許可以繼任為女王；農業女神狄蜜特以忙於耕作為由，「懇切地」表示愛莫能助，否則恐怕造成大飢荒，有負宙斯囑託；爐灶女神赫斯提雅聲言自己必須嚴加看管爐灶，要不然失火了，那可不是鬧著玩的；地獄首領黑地斯自稱受到宙斯嚴命，不得擅離領地；海神波塞頓非但沒派任何蝦兵蟹將支援，反倒為祂自己索討武器。此行唯一的收穫是，婚後入贅海底的百手族三兄弟，因感念宙斯的浩蕩恩德，願意暫離嬌妻美眷，攘臂助拳。祂們雖然臂力無窮，爆發力十足，但泳技尚未精熟，打算徒步走海底前來，而各自只有一雙腿來負載一百隻手臂，且海底壓力甚大，十分不利於長途跋涉，還需一段時日才能抵達奧林帕斯山。

獨眼族跟魁幹特斯族交過手，大致清楚對方的實力。布龍鐵斯說：「即使我們三兄弟體能完全恢復，再加上百手族三兄弟，縱然拚盡全力，充其量只抵得過一百個魁幹特斯大漢，而雅典娜用上赫菲斯托斯精心打造的武器，勉勉強強可以應付一個，至於另外四十九個，那就……那就……」

普羅米修斯接口說道：「我們既然無法力敵，那就只能智取。」

史鐵若普斯說：「說得好，如何智取，願聞其詳。」

普羅米修斯尷尬笑說：「大夥兒集思廣益，儘量提出想法。」

祂與雅典娜各自號稱為男女神祇中智慧第一，此時卻都一籌莫展，只能你看看我，我看看你，提不出任何具體計策，只暗自感嘆：當年還是遭受克羅諾斯迫害追剿的亡命流寇時，奧林帕斯眾神尚能和衷共濟、相互扶持，如今眾神舒服享受慣了，或流於驕奢淫逸，或趨於玄虛迷幻，或有如行屍走肉，或終日惹事生非，天朝神國，早已沉淪腐朽，滿朝文武，竟沒幾個能夠承擔重任。普羅米修斯雖預見神族終將墮落，不意沉淪得如此澈底，這般快速，不由得看了看一直忙裡忙外的神形偶。

漢密斯見諸神都束手無策，便說：「我想保薦一個同父異母弟弟——半神人海克力斯。」

普羅米修斯奇道：「哦，這個半神人海克力斯，到底有甚麼出奇之處，竟然比咱們神族還來得管用？」

漢密斯笑答：「呵呵，眾所周知，我父王一向只管播種，不問耕耘，更不願收穫。祂只要遇見美女，無論對方是神是人，都會想方設法搞上，然後拍拍屁股，一走了之。對方要是神族，那也就罷了，只要提防著希拉即可。但對方若為人類，所生的子女既要承受希拉迫害及神族鄙視，又得遭到人類排擠，生存於世，困苦非常，其處境之艱難，絕非咱們神族所能想像得到的。半神人們為了存活下去，自然而然必須忍神所不能忍，而且多能鄙事，這個海克力斯，就是其中的佼佼者，他還曾投入調教過無數英雄豪傑的凱隆門下，學得一身技藝。只是我早就跟他失去聯繫，也不知道他是否還活在世上，畢竟半神人的壽命雖長，到底無法永生不死。」其實漢密斯生俱賊性，乃天界第一神偷，而海克力斯困知勉行，為人間頭號慣竊，祂倆既屬同父異母兄弟，也就臭味相投，一拍即合，時常聯袂出擊，妙手空空，偷遍天上人間，其樂無窮。

普羅米修斯認為自己將要創造的人類，或許是神族希望之所寄，不過這僅是基於推測，並無十足十的把握，前幾個版本的人類都已滅絕，若半神人族能夠遺存，倒不失為可資研究觀察的過度物種。祂一念至此，也就興味盎然，比營救眾神之王宙斯還更加熱衷，急切地對漢密斯說：「那好，那好，你快快尋訪海克力斯，順便打探吾王陛下目前下落。」

布龍鐵斯說：「對了，另外勞請上使也查明一件事。」

漢密斯說：「請問是哪件事？」

布龍鐵斯說：「我們獨眼族三兄弟、百手族三兄弟、首代泰坦十二神，還有颱風怪，之所以個個身材如此壯碩，力量如此強猛，都因生長於地獄深處，歷經千百萬億年的熬煉，但聽軍師說，魁幹特斯族生於世間，長於世間，充其量迄今不過數千萬個年頭，祂們的體型竟然比我們有過之而無不及，其中必有蹊蹺，因此懇望上使一探究竟。」

普羅米修斯一拍大腿，說：「中啊！記得某個版本的某個人類說過：『知己知彼，百戰不殆。』大神所言，正符合這個道理。」

事不宜遲，漢密斯聽普羅米修斯不再有任何具體指示，也就飛奔離去。

布龍鐵斯說：「這當下咱們也不能閒著乾等漢密斯。」

普羅米修斯說：「敢問大神有何見教？」

布龍鐵斯沉吟說：「不敢說見教，只是有感而發。剛剛軍師引用人類的話語，而我雖未親眼見過真正的人類，卻也恰好輾轉聽說過一句：『兄弟同心，其利斷金。』這句人類的俗諺，可在我們兄弟與百手族的身上得到充分驗證，所以我們由衷希望宙斯兄弟們也是如此。」

普羅米修斯微微一笑，因為該句俗諺，正是祂聽來轉述的，卻不說破，只問說：「大神打算怎麼做呢？」

「我們兄弟打算為波塞頓和黑地斯打造法寶，希望祂們獲得法寶後，也能加入營救祂們自家手足同胞的行列。」三巨靈生長於地獄，又跟長居海底的龐多斯熬戰數十億年，深知這兩個環境可以打磨出甚麼樣的強大力量，正如同海克力斯遭遇到的困境一般，祂們也就對波塞頓與黑地斯懷抱期望，畢竟神多好辦事，能多一個幫手，總是好的。

普羅米修斯非常清楚神性，更自長成以來，即在權力場中打滾，見解自然大不相同，卻不便拂逆，委婉說道：「只盼大神千萬不要太過於勞累，應保留體力，好跟魁幹特斯族再大幹一架。」

布龍鐵斯說：「我們自有分寸，會自行拿捏。」

在等待漢密斯及百手族回返的期間，三巨靈在工藝神赫菲斯托斯的協助下，分別為波塞頓和黑地斯鑄造了一柄三叉戟與一頂隱形盔，雅典娜則大展廚藝，三個神形偶從旁協助，忙得不亦樂乎。三巨靈既得飽食，體能漸復，跟雅典娜與神形偶日益熱絡。赫菲斯托斯原本是個不苟言笑的悶葫蘆，居然也時常給三巨靈逗樂，稍解老婆偷漢生子的鬱卒憤懣。

過了一段時日，百手族三兄弟先行抵達，彼此間自有一番寒暄敘舊。原本寡言木訥的百手族三兄弟，婚後移居海底，畢竟大小姨子眾多，親戚往來應酬不斷，居然給調教得能言善道、談笑風生，大出諸神意表。

不久後漢密斯也回返，與祂同行的一條精壯漢子，想必就是海克力斯，一經介紹，果不其然。

海克力斯和眾神互道過「久仰、幸會」之類的客套話後，漢密斯立即切入重點，說：「我一找著海克力斯，便與他一同前去查訪我父王的下落，並摸摸魁幹特斯族的底，有了重大發現。」

普羅米修斯問說：「吾王陛下可還安好？」

漢密斯說：「這群大傢伙受不了我父王日夜不停的咒罵與嘮叨，搬來三座大山疊壓在祂身上，好讓耳根子清靜清靜。除此之外，祂們暫時無意傷害祂或進犯奧林帕斯山。不過那群可怕至極的哀厲怒嘶婆娘們，一再慫恿祂們採取更激烈的行動，祂們的想法似乎已經有了動搖，內部在持續爭辯中，過段時日會不會發生甚麼恐怖的事，那就難以預料了。」

普羅米修斯又問：「那麼魁幹特斯族的來歷呢？祂們為何長得如此巨大？」

漢密斯說：「根據我的明查暗訪，得知祂們出生於帕利尼半島，原本食物不足，嗷嗷待哺，每個都發育得相當瘦小，幾乎就要兄弟相食了。蓋婭見到祂們的悲慘處境，心疼不已，於是搜羅了最上等充足的營養物來餵哺祂們，祂們才有了爆發式的成長。說到底，就是那個老太婆在暗中搞事。」

不久前才成為父親的普羅米修斯，頗能體諒蓋婭的心態，嘆道：「唉，蓋婭祖母的子嗣雖多，但祂們若非流落四方，便是相互攻伐，還有些被禁錮在地獄深處，祂傷心欲絕，對於晚近獲得的孩子魁幹特斯族，未免多加關愛，況且祂並不能預見魁幹特斯族會擄走吾王陛下啊！」

漢密斯說：「唔，這話說得也是，怪只怪哀厲怒嘶族這群妖婆一再興風作浪。」

普羅米修斯說：「並非我故意要跟你唱反調，不過哀厲怒嘶族姊妹們，出生於父母剛用極端暴力的手段離異之際，成長過程中爹不疼、娘不愛，又被手足同胞當成邪魔歪道，從未享受過絲毫天倫之樂，性格難免流於偏激，看不得別的神一家團圓或家庭和樂。烏拉諾斯爺爺自身難保，遑論管教祂們，而蓋婭祖母對於祂們，一方面問心有愧，另方面也實在有心無力，也就只好隨祂們愛怎麼鬧，就怎麼鬧了。」

漢密斯相當務實，無意與普羅米修斯爭論是非屈直，也就沉默不語，倒是海克力斯有感而發說：「世人都道神仙好，沒想到神族也有諸般煩惱，甚至彼此間的愛恨情仇，比凡人更加剪不斷、理還亂。人類無論遇上甚麼天大的麻煩事，反正終將一死，到時候一了百了，麻煩也就迎刃而解，半神人壽命雖長，其實也是這樣，只不過心煩意亂的時日多些罷了。」

普羅米修斯早就抱持類似體悟，點了點頭，並不接話。

史鐵若普斯說：「各位一直感嘆來、感嘆去，咱們到底要救宙斯大王不救？」

普羅米修斯噗哧一笑說：「救救救，當然要救。各位有甚麼想法，懇請不吝提出。」祂說後半段話時，眼睛先是環顧諸神，最終定住在海克力斯的臉上，畢竟諸神實因無計可施，才覓得他來。

海克力斯會意，先清了清喉嚨，理了理思緒，然後說：「我那從未謀面的父王，現今給三座大山壓住，四周有強悍無比的魁幹特斯族日夜輪流把守，光憑我們這幾個，當然沒辦法硬搶，唯一的辦法就只有一個字。」

史鐵若普斯說：「是哪個字，願聞其詳。」

海克力斯說：「偷。」

史鐵若普斯說：「要怎麼偷，願聞其詳。」

海克力斯說：「這勾當說起來簡單，當真幹起來，還真有點麻煩。」

史鐵若普斯又說：「如何麻煩，願聞其詳。」祂難得學了半句文雅話，也就反覆賣弄。

海克力斯不禁微微一哂，說道：「這群大傢伙由於營養豐富，因此非但體型碩大，而且精神暢旺，耳聰目明，咱們的一舉一動，很難逃過祂們的耳目，營救行動也就頗費周章。」祂不等史鐵若普斯再度「願聞其詳」，緊接著一口氣說出解方：「小的仔細觀察了祂們幾天，發現祂們除了輪值把守外，作息可說是規律到了匪夷所思的地步，每天一聽聞雞鳴，必定起身活動。小的也就打算自即日起的每天半夜，到祂們附近學雞鳴來喚醒祂們，好打亂祂們的作息。此外，小的釀製有號稱『七日醉』的迷藥，常人只需點滴入喉，即會昏睡七天七夜。不過這些傢伙的體型委實太過巨大，要迷昏祂們，可千難萬難，但求讓祂們昏昏沉沉、食慾不振即可。然後勞請獨眼族和百手族挖條地道，通到我父王被壓之處，在神不知、鬼不覺的情況下，把祂偷盜出來。」

諸神皆曰此計大妙，隨即分頭辦事：海克力斯自去半夜學雞鳴，並在魁幹特斯族營區的河流上游，大把大把地灌注迷藥；雅典娜帶著三個神形偶除了洗手作羹湯外，還四處採集藥材，以釀製七日醉；赫菲斯托斯為了應付三百零六隻巨手之需，辛勤趕製挖掘地道的器具；兩組三兄弟從大老遠處起挖地道，有了赫菲斯托斯提供的工具後，幹起活來更加麻利；漢密斯在獨眼三巨靈的央求下，帶著三叉戟與隱形盔，再訪波塞頓和黑地斯，希望祂們能夠助拳；普羅米修斯則照舊動口不動手，光出一張嘴。

雅典娜遭三頭犬克別洛斯咬傷，已是數十億年前的事了，其體內情毒早已清除一盡，祂對獨眼三巨靈完全可以泰然處之，獨眼三巨靈也覺得祂渾不似早先時候那麼彆扭。如今大夥兒分工合作，為同一件事努力，相處起來，比家人還更像家人，反倒別有一番情味。

不出普羅米修斯所料，漢密斯再度無功而返。挖掘地道一事，倒是進展得相當順利，畢竟獨眼三巨靈曾經挖空奧林帕斯山底部，再幹這勾當，可謂駕輕就熟，而百手族手多好辦事，況且用上了工藝神赫菲斯托斯精心打造的工具，忙累了還有聖廚雅典娜供應的美食來補充體能，因此可說是事半功倍。大夥兒一方面急於營救神王宙斯，另方面隱隱希望這條地道永遠挖不完。

第十章　恩將仇報

宙斯突然返回天庭，眾神個個驚慌失措、啞然無語，紛紛凝結住正在進行的動作，無論那有多離譜、多不堪入目。

目睹神國殘破不堪，天庭滿目瘡痍，無極殿外草木摧折、門窗破損，甚至有焚燒痕跡，殿內杯盤狼藉，到處都是酒水、嘔吐物、體液和扯得稀爛的布料，而眾神衣不敝體地交疊在一起，或多或少，個數不一，姿態多樣，花招百出，宙斯雖然惱火至極，但由於事先接納了普羅米修斯的力諫，除了欽賜海克力斯免死金牌以表彰其救援之功外，也即刻對眾神頒布既往不咎的詔令，畢竟要是當真嚴懲不貸的話，天朝神國勢必立刻土崩瓦解，剩沒幾個臣子，況且魁幹特斯族肯定不會善罷干休，自己僥倖逃脫其魔掌，還有賴眾臣子力抗強敵。果然不消多時，魁幹特斯族盡復元氣，並察覺宙斯被暗中救走，暴怒之下，整軍備戰，舉族來犯。

烏拉諾斯灑落在蓋婭身上的精血，除了造就哀厲怒嘶姊妹與魁幹特斯兄弟這兩個恐怖至極的族群外，另也化生了質地堅韌的梣木林。魁幹特斯族在哀厲怒嘶族的指導下，挑選最高大質佳的梣木，精心製作成長矛，還大砍樹木，廣積巨石（部分來自先前用以壓制宙斯的三座山），堆聚於佛勒格拉平原，然後聲勢浩大地進發奧林帕斯山。

魁幹特斯族運起驚神臂力，往奧林帕斯山頂不斷投擲有稜有角的大石與烈火熊熊的巨木，砸爛燒毀了原就殘破不堪的樓閣林園。奧林帕斯眾神見狀，一則以懼，一則以喜。懼，那就甭提了，但是祂們為何暗自竊喜呢？這是因為祂們都很清楚宙斯的品性，大夥兒沒去營救聖駕不說，還集體趁祂遭擄之際大搞破壞，雖說得到祂既往不咎的承諾，但眼前的危機一旦解除，難保祂不會秋後算帳。如今天朝神國被摧殘得更為澈底，等同於魁幹特斯族幫助眾神毀屍滅跡，來了個死無對證，然而當下的劫難還是得先挺過。

經過幾輪狂轟濫炸，魁幹特斯族手持梣木長矛，兵分兩路，各由族長波耳費里翁及副族長阿爾庫俄紐斯率領，疾往山頂衝來。奧林帕斯眾神也分為兩股，各以獨眼族與百手族擔任先鋒，奮力抵擋。雙方短兵相接、你來我往，直打得驚天動地，當真是鬼哭神嚎，比泰坦族傾巢來攻的那回，還來得激烈許多，至少當時泰坦族沒採用地毯式空襲，奧林帕斯眾神跟泰坦族實際交鋒的時間不長，而且只有百手族跟猛惡至極的颱風怪進行過肉搏。此回拚戰多時，最終因為吃晚飯跟休息的時間到了，已穩占上風的魁幹特斯族也就主動退兵。奧林帕斯眾神如蒙大赦，趕緊整飭防務，重整旗鼓，裹傷止痛，養精蓄銳。

接連數日，魁幹特斯族晨起即攻，日暮則退，戰況看似膠著，其實奧林帕斯眾神苦不堪言。此因魁幹特斯族擁有不可思議的復原能力，一百五十個成員，迄未折損半個，且都愈戰愈勇；奧林帕斯陣營裡，僅獨眼族與百手族差堪比擬，其餘眾神皆已疲憊不堪，甚至負傷累累，能持續奮戰的愈來愈少，武器與防禦工事也日漸耗損，補充不上，修復不及。獨眼、百手六巨靈再如何神勇，畢竟寡不敵眾，交戰雙方皆心知肚明，要不了多久，奧林帕斯山勢必失守。

宙斯得到獨眼三兄弟傾囊相授發出雷霆霹靂的心法和招式，這幾天一再琢磨練習，已掌握雷霆杖的運用技巧，而且愈用愈得心應手，但祂剛剛逃離龍潭虎穴，不敢再次輕率冒險，更加不願把雷霆杖交還給獨眼族，於是獨自躲在山巔，說是要固守天朝神國最後一寸領土。海克力斯困在山上，無法重施故計，急得直跳腳。普羅米修斯平時算無遺策，如今無計可施，只一味長吁短嘆。奧林帕斯眾神士氣低落，若非所有通道都有宙斯親信把守，且十分畏懼六巨靈，恐怕祂們大多早已逃之夭夭了。

漢密斯死馬當活馬醫，趁兵荒馬亂之際，偷溜下山去搬救兵。祂再次獨自返回，但攜來獨眼族為黑地斯打造的隱形盔，急急上到山巔去呈獻給宙斯，另還稟告予祂一樁家族醜事：日前黑地斯戴著這頂頭盔上到世間來，恰巧撞見長姊狄蜜特貌似乖巧清純、實則叛逆冶蕩的獨生愛女波瑟芬妮（其生父正是宙斯）。狄蜜特自重身分，除了宙斯外，未曾與任何男神相好，也一再要求波瑟芬妮務必保持端莊貞潔，以做為眾神表率。波瑟芬妮對母親陽奉陰違，那日在樹林間，誤以為四下無神，便披散秀髮，輕解羅裳，擺出各種媚態，賣弄多樣風情。黑地斯瞧在眼裡，說甚麼也按捺不住，憑恃自己擁有隱形能力，於是乎撲向前去，一把擒抱起親外甥女（也是親姪女），強擄至冥府充當押寨夫人，這段時日老牛大吃嫩草，正在興頭上，頗有「從此君王不早朝」的況味，而且祂執意龜縮在冥府裡避風頭，無論如何也不願意出府。可憐還不明白真相的狄蜜特，兀自沒頭蒼蠅似的四處尋找失蹤愛女，也就荒廢了農耕，更加顧不上奧林帕斯山的成敗了。

倫理道德本就純粹用來規範卑賤的人類，眾神一向凌駕其上，更何況眾神之王與其親兄弟呢！而這件家醜其實另有隱情，宙斯臉皮再厚，也不願招認，黑地斯之所以搶親，正是自己出的主意。話說當年泰坦族戰敗被打入地獄時，宙斯將其中的美貌女性悉數留在陽間，然後跟波塞頓朋分享用，以至於主掌地獄的黑地斯不見天日也就罷了，還必須獨守空閨，時日久了，黑地斯便不依不饒，衝上天庭，直吵著要跟宙斯交換職務。宙斯當然不肯，也捨不得養在二姨宮裡的諸多情婦，於是建議黑地斯不時到陽間轉悠，一旦相中某個女神，不妨先用哄的，哄的不成，再用騙的，騙若還行不通，那麼乾脆動手擄掠。宙斯萬萬沒想到，這個貌似老實八交的兄弟，搶了幾個女神後還不滿足，居然看上自己和長姊狄蜜特的親生女兒波瑟芬妮。宙斯子女多不勝數，根本毫不在乎，惟求黑地斯別再大鬧天宮，但事情壞就壞在狄蜜特只有這麼一個寶貝女兒，還寵愛之至，老姊自然不肯善罷甘休。

既有如此因由，宙斯對於黑地斯和狄蜜特不來勤王保駕，只嘟囔了幾句，然後一門心思就全扎在隱形盔上，想像其無上妙用，嘴角不禁泛起賊嘻嘻的笑容，比把垂涎已久的美女搞上手還來得心花怒放。

次日天剛亮，魁幹特斯族一如先前數日，再度燃起烈焰，堆好石塊，準備出手。不過有別於以往，祂們知道奧林帕斯眾神已經師老兵疲，不堪一擊，因此打算今日一舉攻破奧林帕斯山，將眾神悉數擒下，男神打入地獄或用作僕役，女神則當大夥兒共同的老婆。

忽然，從海天交會處隱約傳來嗡嗡鳴響，居高臨下的奧林帕斯眾神紛紛引領張望，赫然看見一條白線自遠而近飛快襲來，晨曦中那條白線逐漸化作閃閃金光，及至迫近，眾神才看清楚，那其實是道滔天巨浪的前緣。原來波塞頓運用得自獨眼族的三叉戟，適時鼓搗出轟隆隆的海嘯，嘩啦啦湧上了陸地，噗嘶嘶熄滅了烈焰，淅瀝瀝沖散了石堆。

魁幹特斯族體型巨大，勇悍非常，沒給大海嘯沖倒，卻因生性質樸，心思欠敏，一時莫名其妙，呆立著面面相覷。宙斯眼見祂們的傻愣模樣，連忙頭戴起隱形盔，手握住雷霆杖，獨自衝下山去，不斷往魁幹特斯族壯碩的身軀指指點點，發出自開天闢地以來最狂暴密集的閃電，把祂們一個個切割得支離破碎。宙斯為報受擒之辱，更為求永絕後患，不肯善罷甘休，頻頻出手，直到祂們全都灰飛煙滅，了無痕跡，只遺留下久久不散的焦臭味，瀰漫於天地間。

在奧林帕斯山上見證此一暴行的眾神，無不驚心動魄，目瞪口呆，連一句話語也說不出，連一根手指也動不了，因為這是神族首次遭擊殺，而且是集體被毀滅，完完全全、澈澈底底顛覆了神族不死的信念，更何況率先殉難的這批神族非同小可，乃是天父地母親生、打得眾神毫無招架之力的龐然巨物，要是連祂們都抵擋不了雷霆杖的威力，自己想必更加禁受不住。這也就是說，宙斯牢牢掌握住對眾神生殺予奪的無上權力。蓋婭的妹妹——夜神妮克絲，因為受驚過度，下體居然迸出一大群任誰一看就會心膽俱寒的恐怖女娃兒，祂們後來被統稱為死神克蕾絲，但跟同為死神的胞兄桑納托斯不同，克蕾絲所帶來的死亡，往往伴隨著強猛慘烈的暴力。

待宙斯卸下隱形盔、得意揚揚地返抵時，奧林帕斯眾神這才回過神來，在初生的克蕾絲們高亢淒厲的啼哭聲中，齊刷刷跪伏在地，誠惶誠恐高呼：「吾王威武威武威威武！」這是祂們從有知覺以來，首度由衷感受到無比的敬畏，然而並非針對宙斯本身，而是對於祂手中握持的雷霆杖。

獨眼族是僅有的例外。祂們義憤填膺、氣憤不已，直挺挺站著，緊握住拳頭，眼睛湧流滾燙淚水，喉嚨發出嘶啞怒吼，對宙斯厲聲控訴說：「你怎麼可以如此濫用我們辛苦鍛造的棒子？你怎麼能夠幹出這種傷天害理的壞事？」

宙斯高聲斥道：「胡說！甚麼你們的棒子？要知道『普天之下，莫非王土；率土之濱，莫非王臣』。任何時候任何王臣在任何王土製作出的任何玩意兒，都屬於王的，就算王賞給了你們，你們充其量僅僅獲得暫時的使用權，王才配獨享永久的所有權。這雷霆杖本來就是本王的，先前暫借給你們使用，如今本王收為己有，可謂順理成章，天經地義。」

獨眼族怒道：「放屁！我們三兄弟開始打磨三根閃電棒時，你老爸老媽才剛鑽出你祖母的子宮，那時候根本還沒有你哩！再說要不是我們出盡全力幫忙，你何德何能可以當王？就憑你這塊廢料，難道打得過颱風怪、龐多斯，或任何一個泰坦族和魁幹特斯族嗎？我們把你從山底下挖出來時，你已浸在自己的屎尿堆中好些時日了，連走也走不動，還不是我們兄弟強忍著薰天惡臭，揹著你逃離，你現在才可以作威作福。哼！你如此厚顏無恥，喪心病狂，算我們兄弟看走眼了，你快把棒子還給我們，咱們從此恩斷義絕。」

宙斯好難得才掌握殺神利器，哪裡肯輕易放棄，況且當眾被獨眼族大揭瘡疤，是可忍，孰不可忍，瞬間拉垮下臉來，不由分說，揚起雷霆杖，飛快往獨眼族三兄弟接連指去，立時將祂們擊昏在地。

不知過了多久，獨眼三巨靈悠悠醒轉，感到身軀劇痛難當，手腳根本不聽使喚，更令祂們驚駭莫名的是，一張開眼，赫然看到身前擱著三雙手、六隻腳，而那些手腳竟是如此熟悉，畢竟打從祂們入胎成形以來，它們就始終與祂們形影不離，直到方才。

宙斯嘻嘻笑說：「三位大神醒了？你們這陣子睡得可香的哩，倒方便本王幫你們動些小手術。」

布龍鐵斯吼道：「宙斯，你把我們兄弟怎麼了？」

宙斯說：「沒甚麼，只不過把你們的手腳給切了，待會兒還要切蛋蛋跟那話兒，好讓你們變成不折不扣的神棍。……喔喔，『神棍』，本王還真有創意，竟然能夠想出這個詞來，連繆思女神恐怕也要自嘆弗如了。哈哈哈……」

史鐵若普斯問說：「我們對你盡心盡力，你為何對我們恩將仇報？」阿爾給斯也問：「是啊，我們到底做了甚麼，才讓你這麼恨我們，對我們幹出這麼殘忍的壞事來？」布龍鐵斯驀然想起克羅諾斯被放逐前對三兄弟說的「……重點不是你們曾經做了甚麼，而是將來你們能夠做些甚麼」，當初大惑不解，現在終於有些明白了，但已追悔莫及，也就不再言語。

宙斯回說：「傻子，本王一點兒也不恨你們，而是非常擔心你們，平常晝思夜想的，除了美豔風騷的娘們外，就是你們啦，仔細推敲起來，還是想你們的時候多些。」

史鐵若普斯說：「我們不是已經把棒子給了你嗎？雖然曾經向你索討，但棒子在你手上，你不還給我們不就得了，還有甚麼好擔心的呢？」

宙斯答道：「正所謂『臥榻之側，豈容他神鼾睡』！你們的年紀和個子都大過我老子，竟然連這麼粗淺的道理也不懂，那就怨不得本王忘恩負義了，而且是你們自己說『咱們從此恩斷義絕』的，不是嗎？嘿嘿，只要你們還健在一刻，本王就始終睡不安穩、食不知味，這跟你們幹過甚麼事，可一點關係也沒有，純粹是本王自身的問題，所以你們千萬別自責啊，這樣子心裡會好過些。哈哈……」宙斯一直嘻皮笑臉，用歪理瞎纏，跟當年克羅諾斯的語重心長，實有天壤之別。

阿爾給斯咬牙切齒說：「我們一而再、再而三拯救奧林帕斯陣營，這是鐵一樣的事實，公道自在神心。」

宙斯冷笑說：「嘿嘿，這個本王自然也考慮到了。我兄弟波塞頓跟某個海仙女生出一群獨眼怪，本王將放任祂們到處吃人搞破壞*，往後大家只會怨恨獨眼族的壞，不會感念你們的好。」

三巨靈氣憤至極，鼓起餘勇，忍住劇痛，奮力往宙斯滾撲而去。宙斯萬萬沒料到，區區三根神棍居然還能作怪，祂一下子就被撞翻在地，雷霆杖脫手，滑落在地。布龍鐵斯連忙滾過去，用嘴銜起雷霆杖，正要往宙斯身上大發雷霆，潛藏在暗處護駕的阿瑞斯，趕緊撲過來一個飛踢，正中布龍鐵斯的後腦勺，雷霆杖霎時脫口而出，五神緊接著拚起老命搶奪。

三巨靈畢竟身材壯碩且力大無窮，雖然各自失去四肢，其中之三仍然仗著體型絕對優勢，壓制住宙

---

* 史詩《奧德賽》中，希臘英雄奧德修斯遇上的獨眼巨人，正是這群妖怪。

斯及阿瑞斯，另一則往雷霆杖滾去，眼看就要「得口」，宙斯忽然碎碎唸動極凶極惡的咒語，三巨靈突覺胸腹內劇烈疼痛，五臟六腑似乎全瞬間糾結在一起，周身骨頭彷彿都逐漸融解，忍不住發出呻吟，連放聲嚎叫也已無能為力了，這是因為宙斯在雅典娜為獨眼族三兄弟烹煮的食物中動了手腳。

宙斯站起身來，獰笑著說：「跟我鬥，你們都還嫌太嫩！」三巨靈還想抵抗，宙斯不斷唸誦咒語，直至祂們暈死過去、再也無法動彈為止。其後宙斯伸出一隻手，雷霆杖從地上躍起，飛進祂的手裡。祂隨即發出一連串閃電，把三巨靈的下體一一切割下來，再把每根陽具都縱向剖為兩半。

阿瑞斯目睹該過程，頓感驚恐莫名，不知神王老子啥時候跟誰學了如此邪惡的黑魔法，另一方面又覺得異常滑稽，祂這時還不知道，遠更可怕且匪夷所思的事，其實還在後頭。祂在神王老子的指示下，把三巨靈的手、腳、蛋蛋及鮮剖陽具，均分為六份，再按照膚色，分別裝入黃、黑、白色的所謂「乾坤二元袋」中，每袋兩份。

宙斯很有耐心地看著，彷彿在欣賞一個不世出的傑作的創作過程。祂含笑瞅了瞅阿瑞斯，說道：「看仔細了，這種事可從來未曾有過。」緊接著唸動另一串咒語，神奇的事情就發生在阿瑞斯的眼前，讓祂瞠目結舌，驚恐到感受不到驚恐，害怕到察覺不出害怕。

隨著咒語從宙斯的口中滔滔流瀉出，三巨靈的貼身衣服逐漸束緊，愈縮愈小，愈縮愈小，居然把原本頂天立地的三條巨漢，壓縮至可以把握在手掌裡，而其腦袋瓜兒後仰，獨眼朝上，眼中火焰熄滅，三巨靈頓時成了三根兀自掙扎扭動的肉棍。在此同時，三個乾坤二元袋也縮小至剛好與肉棍相稱。

宙斯俯身用三根手指捏起其中一根肉棍，朝阿瑞斯晃了晃，笑問：「如何？見識到你老子的手段了吧！」

阿瑞斯嚇得魂飛魄散，跪在地上，磕頭如搗蒜，顫聲說：「父王神威蓋世，孩兒衷心嘆服。」

宙斯說：「好，乖兒子，你即刻把這三根獨眼肉棍展示給眾神觀賞，並且鄭重聲明，日後有誰膽敢違抗本王，這就是現成的榜樣。」

阿瑞斯得令離去，宙斯隨即召喚進漢密斯與普羅米修斯，細細囑咐如此這般。之後，宙斯捧著混和有蜂蜜、牛奶與獨眼巨靈族鮮血的一個金盆，牽著一隻毛色光亮、形體肥美的黑母羊，獨自進到有情宮裡最神祕隱蔽的一間幽暗屋子裡，畢恭畢敬地將祭品呈獻給一位邪魅妖豔的女子，那便是泰坦族第二代的黑月女神黑卡蒂。有情宮的建造，有一半的原因是為了供養這位原本相當不起眼的女神，好讓祂可以心無旁騖地研發黑魔法。在與黑卡蒂共享祭品的同時，宙斯眉飛色舞地述說自己如何利用黑卡蒂在枕邊傳授的咒語，收服了力大無窮、勇猛頑強的獨眼巨靈三兄弟，然後使出渾身解數來取悅櫻口微啟、媚眼迷離的冶豔恩師，以換取黑卡蒂更多、更匪夷所思的回報。

第十一章　逐出神國

雅典娜乍見獨眼巨靈族的悽慘下場，不禁悲從中來，放聲大哭。祂心知肚明，自己在無意間，成為一向敬愛的慈父的重要幫凶。獨眼族三兄弟所吃的穿腸通心食物，是雅典娜親手料理的；祂們所穿的束身緊箍衣服，是雅典娜親手縫製的。這些曾經博得祂們由衷讚嘆的食物與衣服，到頭來卻是謀害祂們的可怕凶器。

祂悲憤莫名，卻無任何神可堪傾訴，只能把滿腔心事，說給三個神形偶聽，內心深處，隱隱把他們當成獨眼族三兄弟的替身，不斷懷想著一同對抗魁幹特斯族、營救父王宙斯的美好時光。說來可笑，雅典娜迄今最快樂的日子，正是宙斯被魁幹特斯族囚禁的那段歲月，祂當時雖然憂心忡忡，但也感到無比愜意，發笑的次數，竟然多過其他時間的總和。而今結局如此，祂全然無可奈何，即使事先能夠預知，難道可以為了獨眼族三兄弟，而不竭盡心力營救父王嗎？祂不免慨嘆，身為神族，必須承擔無窮無盡的痛苦與悔恨，除非也讓親生父親用雷霆杖打得灰飛煙滅。雅典娜一念至此，也就暗自立誓，永遠不跟任何男神歡好，以免生出後代來背負如自己般永世難解的悲哀與綿綿不絕的無奈，另也隱隱覺得，自己實在不該散布宙斯陰險殘暴的血脈。雅典娜本以為神形偶渾渾噩噩，無知無識，更不具情感，沒想到他們聆聽著自己的心事，居然臉現哀戚神色，還流淌出淚水來，祂不由得驚喜交加，從此對他們另眼相看。

一日，三個神形偶奉命至一殿園中無熱惱池上的瞻部林內打掃，掃著掃著，忽見一株瞻部樹下，並排著三顆火紅色的果實。他們頓感不知所措，因明白這果實若結於樹上，乃無上珍寶，他們屢受耳提面命，絕對不得採食，否則必遭嚴懲，然而關於落果的處理，卻從未得到任何指示，且在此行之前，被交代務必將瞻部林打掃得乾乾淨淨，連片落葉也不許留存。

他們正感左右為難之際，一條蟒蛇忽從樹冠中盤旋而下，說道：「地上這些果實是吾王陛下賞賜給你們的，以回報你們協助營救祂。你們快吃了吧，千萬別讓其他神知道，否則祂們會非常忌妒你們的。快，快吃了吧！」

那條蟒蛇閃爍的眼神、吞吐的蛇信，以及悠緩的語調，彷彿具有無法抗拒的魔力，三個神形偶不由自主地撿起地上的落果，各自吃了一個，隨即昏倒在地。蟒蛇現出原形，居然是漢密斯，而那棵瞻部樹的樹幹，正是祂手中的魔棒所化，樹冠則變自盤繞於棒上的兩條蛇。至於那三顆瞻部落果，其實僅是形似且色近的尋常果實，其內灌注了海克力斯調製的七日醉，只不過減少了劑量。宙斯才捨不得讓低賤的神形偶享用珍貴的瞻部果哩，祂也就改變初衷，非但智慧之果是仿冒的，連那條「最狡猾的蛇」，也改由漢密斯偽裝，而非由普羅米修斯創造。

宙斯脫掉隱形盔，現出身形，啐道：「神形偶竟然想吃瞻部果，呸，你們哪配！」說完，從懷裡掏摸出三副肖似陽具的玩意兒，那是由獨眼三巨靈的身軀轉化而成的。宙斯事先利用花言巧語，哄得雅典娜把乾坤二元袋牢牢縫於肉棍底部，其間如此密合，就如同天然生成的一般，當然，宙斯還施予了黑卡蒂傳授的魔法。

漢密斯接過那三副玩意兒，按照膚色，運用普羅米修斯教導的方法，分別嵌入三個神形偶的下身，邊幹活邊笑說：「呵呵，我算是很有良心的了，沒有胡亂搭配。」祂一完事，便妥妥地躲藏於瞻部林間。

宙斯重新戴上隱形盔，將雷霆杖往那玩意兒頂端的獨眼略施神力，一舉貫穿至神形偶的體內，形成一條管道。神形偶們感到穿刺劇痛，紛紛醒轉過來，起初七日醉的藥力未消，兀自昏昏沉沉，猛然見到彼此的下身，都多出不該有也不配有的那話兒，立時嚇得完全醒透，慌慌張張，急急忙忙，拿樹葉遮掩住。

宙斯這時現身出來，舉手凌空一揮，颳起旋風，吹落神形偶下身的樹葉，再假作吃驚憤怒貌，喝道：「大膽！你們竟敢違抗本王嚴令，偷吃智慧之果。」祂並未解釋，為何吃了智慧之果後不長智慧，卻是冒出那話兒來。

神形偶哪裡參得透其中玄機，自以為闖下彌天大禍，齊齊跪倒，磕頭如搗蒜，急切說道：「小的們萬萬不敢。小的們吃的是掉在地上的落果，不是結在樹上的，而且方才有條蟒蛇說，這些落果是大王您賞賜給小的們的，為的是回報小的們……」

宙斯斥道：「胡說！這座瞻部林清淨聖潔，設有結界，若未得本王放行，連天后希拉也不得其門而入，這裡怎麼會有猥瑣可憎的蟒蛇呢？況且蟒蛇竟然還會說話，你們真以為本王會相信你們的信口胡謅嗎？再說瞻部果自亙古以來從未掉落，哪裡會有甚麼落果，你們簡直欺王太甚！」

神形偶連道：「冤枉啊大王！冤枉啊大王！小的們所言，句句屬實。」

宙斯佯怒道：「不說別的，光是你們指控本王冤枉你們，就是犯了大不敬的天條。來神啊！」

漢密斯從瞻部林間快步走出，單膝跪下道：「兒臣在。」

宙斯道：「把這三個卑賤無恥的東西趕出神國，流放凡間，創造出他們的普羅米修斯和阿比米修斯連坐同罪，一件物事也不許從天朝神國裡帶走。」

漢密斯高聲道：「遵旨。」隨即起身，將三個神形偶橫拖倒曳地拉出一殿園。

三個神形偶被流放的唯一罪名是：「對眾神之王大不敬。」至於他們「偷吃智慧之果」一事，連一丁點的暗示也沒有，畢竟後者其實根本不存在，只不過是用來引發前者的巧妙布局。

普羅米修斯號為先見神，是兩代神王相當倚重的軍師，個性有些孤傲，又潔身自好，不屑與眾神同流合汙，也不喜純粹打發時間、無所用心的酬酢應對，神緣向來不佳，除了跟雅典娜偶有來往外，早先的朋友只有舊版人類，如今則跟半神人海克力斯走得稍微熱絡些，主要是交換神國與凡間的訊息，並非志趣相投。祂早已預料到自己會有如此下場，事先拋妻棄子，斷絕音訊，行前沒去見祂們一面，更未懇求心眼甚多的宙斯照料祂們。後見神阿比米修斯倒是頗受歡迎，不過眾神之所以樂得與祂親近，純粹是尋祂開心，跟祂並無過命交情。米修斯兄弟倆跟神形偶同被逐出天朝神國時，除了雅典娜與海克力斯外，別無祂神送行。眾神當時正齊聚在太極吧裡暢飲，用米修斯兄弟遭放逐一事下酒，嘻鬧聲隨風傳送至半山腰的雲門口。普羅米修斯不禁感嘆世態炎涼，「神情」冷暖，但祂負有神聖而隱密的任務，感嘆只一閃即逝。

雅典娜對於神形偶具有別樣情懷，很想為他們做些甚麼或給些甚麼，卻苦惱於他們遭受淨身出戶的懲罰，連片遮掩下體的葉子也不許從神國裡帶走，自己也就無能為力了，忍不住嘆了口氣。

普羅米修斯似乎看穿雅典娜的心思，把祂拉到一旁，低聲說：「妳別枉自嘆氣，不如把氣吹進他們的身體裡吧！」

雅典娜奇問：「這是為甚麼？」

普羅米修斯反問：「妳難道不清楚自己擁有得天獨厚的天分嗎？」

雅典娜笑答：「我的天分不少，你指的是哪樣？」

普羅米修斯說：「妳不但繼承令堂梅蒂絲的天生智慧，又在吾王陛下的頭腔中孕育，因此智慧超卓，更加難能可貴的是，妳冰清玉潔，出淤泥而不染，具備神族極其罕有的純良靈性。」

「這我知道。」

「但妳不知道的是，妳可藉由吹氣進神形偶的體內，而將自己一部分的智慧與靈性轉移給他們。」

「哦，真有這回事？你是怎麼知道這一點的呢？」

普羅米修斯神祕一笑，說：「在克羅諾斯和宙斯這兩代王朝中，都是由我負責造人，剛剛提到的這項功能，是我這一次刻意設計的。這三個神形偶雖然只是新版人類的原型，其實已具備接收轉化神智與神性的能力了。」

雅典娜質疑說：「既然如此，你的智慧冠絕神族，私慾頗低，良心未泯，你自己為何不吹氣給他們呢？」

普羅米修斯臉現陰鬱，垂下頭去，沉聲說：「正如某版人類說過的，『近朱者赤，近墨者黑』。我身為軍師，最常接觸的對象，正是令尊；最常思考的事務，不外乎權謀算計，因此我的思想與靈性，已經或多或少受到汙染了，實在不宜灌注給近乎白紙的他們。此外，假若我當真這樣子做，恐怕會減損自己的智慧與靈性。我已遭受汙染的靈性固然毫不足惜，但是我即將跟著神形偶下凡，而『在家千日好，出外一時難』，更何況是從神國被貶謫到險阻重重的塵世，我被淨身出戶，兩袖清風，既不具勇力，更缺乏技能，今後唯一的憑藉，就只剩下智慧了。至於阿比米修斯，妳是瞭解祂的，只要祂不添亂子，我就得謝天謝地了。」

雅典娜思索了下，覺得普羅米修斯的提議，正好解決自己的難題，因為賜予神形偶虛無縹緲的智慧與靈性，並不違反父王的禁令，而自己縱使減損些許智慧與靈性，料無大礙，也就欣然答應，問明如何藉度氣轉移智慧與靈性的要訣，隨即召來三個神形偶，告以自己將要對他們做出的事。神形偶甚感惶恐，但因全然信任雅典娜，任憑祂的櫻口貼上自己的嘴，坦然承受。普羅米修斯原想告訴雅典娜，假使經由獨眼巨靈族變化而成的器官灌注進智慧與靈性，可以起到立竿見影的效果，畢竟那是神與神之間的直接交流，若是透過神形偶的口腔，必須耗費些時日才會見效，而這也是普羅米修斯不願親自度氣給神形偶的原因之一。普羅米修斯話到嘴邊，終究沒敢說出口，以免遭到這位勇悍剛強的處女神挺矛戳翻。

雅典娜剛剛度完氣給三個神形偶，漢密斯「恰好」來到，瞥了瞥雅典娜和海克力斯，洪聲說道：「流放凡間者的出發期限已到，由我獨自送行，不相干的請留步。」

普羅米修斯冷冷說道：「『送行』？應該說是『押解』吧！」

漢密斯尷尬笑說：「小姪豈敢，堂伯說笑了。」平素不把倫常當回事的眾神，一旦用上非直系血親的稱謂時，通常若非在說笑，便是心裡有鬼。普羅米修斯對此節一清二楚，不予點破，只是嘴角微微一撇。

漢密斯續道：「對了，我父王交代小姪告知二位伯叔：祂記得自己的承諾。」

阿比米修斯受到卑賤的神形偶牽連，慘遭逐出天朝神國，原本悶悶不樂，一聽到後半段話，不由得喜逐顏開，幻想著美女在抱的旖旎風情。

普羅米修斯卻暗忖：「記得又如何呢？反正不見得會遵守！」這話可萬萬不能說出口，因為祂已深深領略到「權勢愈大、胸襟愈窄」的至理。

三神在前，三偶隨後，出了雲門，緩緩走往奧林帕斯山下。雅典娜與海克力斯佇立原地引領眺望，直到長長短短六條身影，完全消失於蒼茫暮色中。此時此刻，枉稱智慧超卓的雅典娜猶不自知，已遭受敬愛的父王暗算。

舊版人類的壽命雖然相當長，但死後一了百了，在遺體腐化分解後，甚麼也沒能留下。前代眾神之王克羅諾斯任憑人類生息繁衍，一旦不盡如己意，除了粗暴地消滅他們外，別無對策，人類滅絕慘劇也就一再上演。宙斯之所以答應普羅米修斯，不再任意消滅新版人類，是因已跟黑月女神黑卡蒂共同琢磨出一個解決之道，或者該說陰謀詭計。宙斯密令阿比米修斯，在創造神形偶時瞞著普羅米修斯，暗中摻和進黑卡蒂交付的神祕物質。雅典娜注入神形偶體內的部分智慧與靈性，會與那神祕物質起交互作用，另外化合成所謂的「靈魂」，神形偶又會將智慧、靈性與靈魂遺傳給後代，亦即第五版本的人類，而新版人類死後，靈魂會脫離軀體，飄蕩至冥府，接受黑地斯手下的「懲戒教化」，再經由投胎轉世，進入新的人體，以遂行宙斯的目的。這也就是說，部分第五版本人類體內具有兩種靈魂，其一得自遺傳，另一來自投胎。通常這兩種靈魂會融合為一，畢竟起源和本質是相同的，但若基於任何因素無法契合，例如靈魂滲入雜質或被誤傳進已經發育成熟的個體，就會形成精神疾病。擁有能夠不斷輪迴轉世的靈魂的人類，在某種意義上，等同於獲得了永生，反倒是原為永生的神族，如今可以被消滅。由於懲戒教化人類靈魂的勾當，必須得到冥府鼎力配合，因此宙斯對於黑地斯屢次未能前來救駕，還搶了自己的女兒波瑟芬妮當押寨夫人，也就不予追究，還幫黑地斯跟波瑟芬妮的生母狄蜜特達成一項協議——波瑟芬妮每年在冥府與陽間各待六個月。如此安排，反倒讓表面溫順、骨子裡相當叛逆的波瑟芬妮，與母親、丈夫都相處得更為融洽。

宙斯何以要對祂一向鄙視的人類如此大費周章呢？這是因為祂早已不滿足於自己僅僅是「眾神之王」，祂想要成為「唯一真神」，其他神只不過是自己的使者，甚至僕役，如此一來，其他神便毫無資格挑戰自己永恆主宰的地位。當然，這件事可說是千難萬難，眾神絕對不會拱手讓出神權，甘受宰制，宙斯於是打算利用新版人類來坑陷拒不從命的神族，除了在冥府對靈魂進行潛移默化外，另也指示阿比米修斯，將來必須戮力灌輸人類「宙斯是唯一真神」的信仰，算是雙管齊下。人得要具備最起碼的智慧與靈性，才堪成為有效好用的坑神工具，宙斯卻吝於賜予他們智慧之果，而是利用自己的女兒雅典娜，這又是個一舉多得的奸巧手段。

雅典娜集真、善、美、智、勇於一身，縱使卓而不群，從未結黨營私，毫無篡逆之志，但也讓祂的神王老子相當吃味。宙斯左思右想，覺得釜底抽薪之計，即是讓雅典娜自甘墮落，也幹些喪失理智、泯滅良心的壞事來。雅典娜樣樣都好，唯一缺點就是太過於爭強好勝，容不下一絲半點的瑕疵，從祂慎重其事地跟人類女子比賽編織技巧、並將遭受波塞頓逼姦的侍女美杜莎變成蛇髮女妖的陳年往事，即可見一斑。宙斯先假手於普羅米修斯，減損雅典娜的智慧與靈性，再精心設下幾個局，誘使雅典娜因爭強好勝而一錯再錯，其中包括捲入了最終引發特洛伊戰爭的三姝競豔事件，亦即著名的「帕里斯選美」。

此外，風流浪蕩的波塞頓，斥責雅典娜對於侍女美杜莎的懲罰實在太過於極端了，畢竟自己只初品過這個鮮嫩美麗的女娃兒，仍感意猶未盡，怎麼就無緣再一親芳澤了呢？再者雅典娜居然把美杜莎的飄逸秀髮變成活生生的毒蛇，甚至詛咒美杜莎，凡看到其眼睛者，無論神人妖魔，都會瞬間變成石頭，而食髓知味、猴急地要再逞慾的波塞頓，差一點點就中了這極為惡毒的陰招，對於此事一直耿耿於懷。雅典娜卻認為自己立誓守貞，完全不能接受最親近的侍女一再遭到褻瀆，而且已事先警告過波塞頓，千萬別再接近美杜莎，自己根本無意陷害祂。許久以後，人類再造並大量繁衍，波塞頓在爭奪一個大城邦的守護神地位時，本以為十拿九穩，卻搶輸給雅典娜，那個大城邦也就命名為雅典。波塞頓大感不忿，新仇加上舊恨，打算報復志得意滿的雅典娜。布置有大量密探細作的宙斯，自然非常清楚城府不很深的波塞頓的心思，於是私下前往探訪，兄弟倆嘀嘀咕咕了好一會兒後，這才共進溫柔鄉，分享美嬌娘。

不久後，行事一向謹慎隱密的宙斯，居然在對美麗非凡的海仙女忒提絲訴說綿綿衷曲時，給神后希拉撞個正著，以前幾乎都是生了孩子後，希拉才得到風聲的。氣憤至極但打不過宙斯的希拉，掉頭就走，半途被波塞頓攔了下來。過了數日，奧林帕斯山上發生一件離奇詭異的宮廷政變：波塞頓避開重重守衛，潛入無極殿的後宮，夥同妒火中燒的希拉與思母殷切的雅典娜，綁架了神王宙斯，而就在雅典娜逼迫宙斯吐出母親梅蒂絲之際，久居海底、罕來聖山的百手巨人族，很湊巧地陪同小姨子忒提絲趕到。百手巨人族先憑藉超強大的蠻力搶救下宙斯，再鄭重聲明，因礙於忒提絲父親涅羅斯所宣稱的詛咒，宙斯對忒提絲完全是發乎情，止乎禮，從未逾矩，深深愛慕著宙斯的忒提絲同意讓希拉檢查身子，以證實自己仍保有處子之身。希拉以為酷嗜拈花惹草的老公突然轉了性，這才轉怒為喜，以主母身分熱絡地款待稀客。綁架神王的事件平和收場後，一向睚眥必報的宙斯對於三個叛徒的處置，居然出奇地寬大：希拉僅被處以一段時日的軟禁；雅典娜必須當眾發誓永遠效忠宙斯；主謀波塞頓遭放逐至人間。波塞頓遊蕩人間，趁機四處獵豔，並獲得幾個城邦的守護神地位，因此對於祂的處罰，反倒像是獎賞。長久以來被宙斯視為禁臠、養在深閨神未識的忒提絲，既然已經暴露，宙斯為了盡除希拉的疑慮，於是將忒提絲許配給一個凡人國王佩琉斯，等生下力量確實強過乃父的特洛伊戰爭英雄阿基里斯後，宙斯這才放心地進入忒提絲被輕風吹拂開的羅幃，逞慾後從此一去不返，留下思也悠悠、恨也悠悠的忒提絲。

在那場綁架事件中，雅典娜極鍾愛的寶盾被宙斯用雷霆杖擊損，祂為了修復寶盾，隨赫菲斯托斯去到其位於埃特納火山的工場，以利用火山旺盛的火焰和工場裡的諸多器具。事先受波塞頓慫恿並得宙斯默許的赫菲斯托斯，一待寶盾修復完成，即熱烈地向雅典娜求歡，自然遭到這位生性孤傲且立誓守貞的處女神嚴詞拒絕。赫菲斯托斯不願錯失孤男寡女的大好良機，不惜用強，瘸了腿的祂雖占盡主場優勢，卻始終制服不了強悍無比的女戰神。雅典娜可算是赫菲斯托斯接生的，打從出世迄今，屢屢收受祂精心打造的器具，還剛承蒙祂修復心愛的寶盾，不好意思使出全力抵抗，雙方一時僵持不下。在激烈的死纏爛打中，雅典娜突然被小愛神丘比特預先埋伏的金箭劃傷腿部，頓時意亂情迷、骨軟筋酥，腦中謹記守貞之誓，四肢兀自抵抗，但力道愈來愈弱，終究半推半就地容受了赫菲斯托斯。赫菲斯托斯到底只是個兩性經驗不足且一味急於洩慾的莽漢，雅典娜並未感受到甚麼了不得的歡愉，反而覺得悵然若失，卻已珠胎暗結，後來偷偷生下一個兒子，為避神耳目，把私生子祕養在一口箱子裡，命令一條毒蛇守護。雅典娜有回臨時奉父王宙斯之命必須遠行，去辦件不緊不要之事，行前因擔心祕密被淘氣的繆思女神們發現，於是將箱子交託給雅典國王的三個女兒保管，嚴詞告誡她們絕對不可打開箱子。這三個原本對雅典娜極為虔敬的公主，實在抑制不住強烈的好奇心，圍聚一起進行開箱，隨即全給箱內的毒蛇咬中，心智喪亂，接續步上高聳的城牆，同時一躍而下，當場摔成三灘血泥，鬧得滿城沸沸揚揚，人盡皆知。雅典娜匆匆趕回，見紙包不住火，箱藏不了兒，為了維護處女神的尊嚴與稱號，宣稱當時在埃特納火山的工場裡，自己腿部不慎沾染到慾火高張的赫菲斯托斯噴得大老遠的體液，趕緊用一塊羊毛皮擦拭後棄置於地，不料那塊羊毛皮沾染肥沃的泥土後，竟然迸出一個男嬰，所以該男嬰的生母應是蓋婭，自己一時心軟，收容男嬰，視為養子，命名為厄里克托尼俄斯。蓋婭曾誓言地獄未淨空前不再過問世事，後來暗地裡餵養魁幹特斯族兒子們，豈知祂們長大後全讓宙斯用雷霆杖打得灰飛煙滅，且還聽說過雅典娜是怎麼處置自己的侍女美杜莎的，深知這對父女心狠手辣，下手絕不留情。蓋婭貴為大地母神，替曾孫女雅典娜背了黑鍋，既不便亦不敢聲張。相當耐人尋味的是，宙斯這一家子從來就不以父慈子孝、兄友弟恭著稱，雅典娜卻無怨無悔地養育「姪子兼叔公」，正如同阿波羅兄妹當初心甘情願地照顧「叔叔」凱隆，只不過凱隆最終死於非命，而厄里克托尼俄斯長大後在雅典娜的幫助下篡位成功，成為雅典國王。

宙斯非常滿意這個令眾神極度錯愕的演變，因為祂明白，雅典娜不但曾經公開宣誓永遠效忠父王，而且祂有了孩子，也就有了私心和弱點，其誠信也已備受質疑，從此再也無法挑戰神王的統治權威了。後來宙斯接二連三倒行逆施，憤怒至極的眾神，果真推舉不出任何一位可以抗衡祂者，只能逆來順受。

雅典娜綁架父王和私通產子，都是很久以後才會發生的事，就此打住不提。

第十二章　再造人類

普羅米修斯預先請教過曾經長期浪跡人世間的海克力斯，因此沒費多少時日，便為這一行人覓得堪稱妥適的棲身之所。神形偶們勞動慣了，且視侍奉神為自身天職，加上蒙受雅典娜賜予智慧，腦子愈來愈靈光，做事愈來愈機伶，米修斯兄弟倆的吃喝拉撒睡都得到細心照應，日子過得也就還算悠哉，沒吃多少苦頭。

當初在創造這三個神形偶的過程中，向來懶散怠惰的阿比米修斯居然一反常態，顯得積極主動。普羅米修斯覺得其中必有蹊蹺，不過神形偶是做為宙斯的僕役，並非真正的新版人類，普羅米修斯因此未曾追根究柢，但對神形偶始終存有戒心，不怎麼樂於親近他們，即使是在拯救失陷的宙斯的那段期間，也差不多如此。如今普羅米修斯與神形偶們可說是相依為命，關係緊密，不能再像過去那般視他們如無物，然而依然不情願多花心思在他們身上，畢竟經過一連串神操作後，他們已成為功能齊全的真人了，普羅米修斯也就簡簡單單地為黃、黑、白三個神形偶，分別取名為阿丹一號、阿丹二號與阿丹三號，聊以區分。神形偶已經存在非常久了，終於有了自己的名字，雖然仍是卑微的僕役，但儼然成為可被識別的獨立個體，咸感興奮莫名，不斷歡快地叫喚彼此，直到遭甚不耐煩的阿比米修斯高聲喝止，卻依舊持續交換閃耀著愉悅光芒的眼神，而這正也是智慧與靈性的具體表現。

米修斯兄弟一旦安頓下來，當務之急自然是造人，並讓人類繁衍生息，以便進行模擬壽命有限的神族的實驗。不過眼前的一大難題是，三個阿丹都帶把子，而米修斯兄弟同遭淨身出戶，手邊缺乏造人的器具與材料，又不願潛回天庭向宙斯懇求，以免遭到宙斯要脅而洩漏造人之祕。那麼究竟要如何造出適配阿丹們的女人來呢，教兄弟倆傷透腦筋，當真一籌莫展。

阿比米修斯必須先執行完成宙斯交付的幾項機密使命，其後才得以獲賜絕世美女，如今陷入困境，按捺不住，急得直跳腳，還唸叨不休。普羅米修斯看祂一直躁動不安，簡直跟隻大猿猴沒兩樣，靈機一動，找來各種各類的母猿猴，讓阿丹們跟牠們交配。阿丹們長久服侍宙斯，看慣天仙美女，眼界自然不凡，又有了得自雅典娜的智慧和靈性，百般不情願接受如此亂點鴛鴦譜，但在米修斯兄弟的逼迫下，只得勉為其難照辦，卻始終無法讓任何一隻母猿猴受孕。普羅米修斯深感苦惱，全然束手無策，阿比米修斯更是氣急敗壞。

一日，普羅米修斯赫然發現某隻母猿猴懷了胎，大喜過望，對牠百般呵護。一段時日後，該隻母猿猴產下三個女嬰，普羅米修斯一瞧女嬰們的長相，頓時心頭雪亮，忍不住白了阿比米修斯一眼。阿比米修斯很不服氣，粗聲粗氣說：「怎樣啦？」

雖然神族一向自行其是，為所欲為，但幹出這種勾當，未免太等而下之了，大大有辱家風，況且普羅米修斯十分擔心阿比米修斯再次瞎攪和，有意嚇唬祂，便以沉重的語氣說：「造人是吾王陛下目前最看重的一件事，你卻搞出這樣的花樣來。」

阿比米修斯兀自反駁說：「那又如何呢？有甚麼不可以的？不少神也幹過同樣的事，現在連卑賤的神形偶也是，況且吾王陛下曾經三番數次變化成禽獸去勾引或強擄美女，不是嗎？」

「別的神愛怎麼搞，我可不想管，也管不著，這三個阿丹則是被咱們打鴨子上架，並非他們自願這樣子做的。而且你可千萬要弄清楚，咱們下凡來的首要任務是『造人』，絕對不是『生育』，這是截然不同的兩碼子事。你讓這些女娃兒身上流淌著神與猿的血液，她們根本不能算作是人，而是半神猿。再者『神依自己形象造人』，你搞上了母猿猴，生出像神又像猴的生物來，並指稱這是人類的始祖，恐怕會讓後世人類誤以為神就長這模樣，那麼他們還會敬畏神嗎？吾王陛下要是知道了，肯定會怪罪咱們倆的。」

阿比米修斯聽老哥把事態說得如此嚴重，這才著了慌，滿臉驚恐，囁嚅說：「哥，你行行好，幫我擔待下。」

普羅米修斯嘆了一口氣，說：「好吧，誰叫我是你的大哥呢！不過為了避免你一錯再錯，終至無法收拾，你得答應我一件事。」

「哪件事？」

「從今以後，你必須遠離任何母猿猴、這三個女嬰，以及這三個女嬰的所有後代。」

原始神祇皆屬天地間本有的自然力，倫理道德觀念則是後來才逐漸形成的，因此蓋婭屢屢跟自己的親兒子交合產子，不覺得有任何不妥，正如同一條河納入支流水，再分出另一條支流來。在克羅諾斯的統治下，母子通姦才成為禁忌，本朝進一步禁止父女苟且，至於手足或隔代之間勾勾搭搭，迄今仍不成問題。普羅米修斯有意改變現況，早在克羅諾斯統治時期，即已設定親屬關係，並創造相應稱謂。然而神族縱慾成性，不願受到約束，只把這些關係與稱謂當作笑話，或是在特定的情境下用來套近乎，以得到便利。普羅米修斯無可奈何，只能退而求其次，打算在新版人類中施行倫常規範，以做為神族的表率，因擔心阿比米修斯誤事，不得不預先把祂跟人類隔絕開來。阿比米修斯不明其中原由，但為了避免遭受宙斯責罰，使得美夢破滅，此刻想都不想，即答說：「好好好，我答應你就是了。」

「唔，日後你要是被問起，就說這三個女嬰是用阿丹們的肋骨製作的，至於她們為何長成這個模樣，便推託給大自然。此外，她們是你參照自身形象創造的，長得有幾分像你，也算順理成章。」阿比米修斯自是欣然應允。

這三個女嬰著實得來不易，普羅米修斯將她們分別取名為莉莉絲、夏娃、露曦，一待她們被母猿猴奶大到可以自行走路，就殺了她們的母親，餵養之責交付給阿丹們，並親自盡心盡力教導她們。

由於她們的生父是脾氣執拗、腦筋不大靈光的後見神，母親為野生猿猴，三女生性活潑毛躁，很不受教，時常搗出亂子。普羅米修斯並不氣餒，畢竟她們是自己的親姪女，具有血緣關係，而且事關神族未來，內心深處也隱隱把對妻兒的愛，轉移到她們身上，因此對她們格外用心，可謂呵護備至，簡直視如己出，一待她們發育成熟，便如同慈父一般，紅著眼眶、啞了嗓子，主持簡單隆重的儀式，讓她們與神形偶捉對婚配：莉莉絲嫁給阿丹一號，夏娃嫁給阿丹二號，露曦嫁給阿丹三號。普羅米修斯還特別囑咐這三對新人，婚後務須守貞，不得背棄自己的配偶，絕對不能像眾神那般地搞七捻三。祂這樣做的目的，主要是方便追蹤他們後代血統譜系——如果真有後代的話。

阿丹們是看著三女長大的，毫不嫌棄其容貌，加上本就對她們極為關愛，婚後自是濃情密意，恩愛無限。三女天性中不具貞操觀念，只要情慾一起，便會就近撩撥任何一個阿丹，阿丹們恪守普羅米修斯的諄諄教誨，始終把持得住。不久，三女居然各自懷孕，並順利產下幾個後代。成為母親的三女，心性突然穩定下來，與夫婿共同善盡哺育之責，也隱約有了家庭觀念，其後接連生下好幾胎。普羅米修斯大感欣慰之餘，依舊掌握教化的工作，只是如今學生數目大增，祂對於任一個體的用心程度，都遠遠不及當初對於三女。

時光匆匆，這些子女們長大成熟後，在普羅米修斯縝密的安排與記錄下進行婚配，生出更多後代，這地方也就愈來愈熱鬧，形成所謂「普羅大眾」，看來新版人類的創造當真有譜了。阿比米修斯獨自離群索居，心裡頭很不是滋味，忙得不可開交的普羅米修斯，再無多餘心力理會祂，彼此鮮少往來。

一日，三個阿丹忽然不知去向，普羅米修斯四處找尋未果，因為教養工作不宜耽擱太久，況且阿丹們算是已經完成其天賦使命，失去了無關大計，普羅米修斯也就不再尋覓。

過了段時日，有個女嬰失蹤，因其住處設有結界，飛禽走獸等閒進入不了，這下子普羅米修斯不得不懷疑是阿比米修斯搞的鬼，於是前往其住處興師問罪。

阿比米修斯家居原就簡陋，當初阿丹們為祂搭建的房舍已有部分傾圮，屋頂還破了幾個洞。阿比米修斯得過且過，從未動手修繕，只一逕自怨自艾，今日難得長兄造訪，本以為祂看了自己的窘境後會表示同情，沒想到祂非但未加留意，還劈頭就質疑自己是否偷偷抱走了女嬰。

阿比米修斯按捺住失望與怒氣，苦笑著說：「我抱走女嬰要幹啥？我獨自過活已經這麼久了，一直是個自了漢，現在何必沒事自找麻煩呢？」

「你知道的，女嬰雖然還很幼小，畢竟是個女的。」

阿比米修斯一怔，幽怨說道：「我萬萬沒想到，你竟然會這樣看待自己的親弟弟。我再怎麼蠢、再怎麼鈍，還是有底限的，不像某些神那般胡作非為。」

「甚麼底限？你不是曾受慾望驅使，上了母猿猴嗎？」

「好吧，你既然懷疑是我幹的，那麼那個失蹤女嬰現在到底在哪裡呢？你要是能在我這個破窩裡找到，我任憑你處置，絕對毫無怨言。」

普羅米修斯對於女嬰的安危懷抱著極度憂慮，不過實在不忍心說出她可能遭遇到的悲慘下場，雙眼滴溜溜轉個不停，環顧四周。阿比米修斯雖是後見神，但從其兄昭然若揭的表情，大致可推敲出祂的想法，不由得心如死灰，冷冰冰說道：「信不信由你，你是了不起的先見神，我可沒有辦法說服你，反正我這破窩沒多大，你要搜就儘管搜吧！」

普羅米修斯遲疑了下，顧不得兄弟情面，在屋裡屋外仔細查找一番，並未發現任何關於失蹤女嬰的蛛絲馬跡，不得不放棄，寒著臉沉聲說：「我若是錯怪你，那麼我感到十分抱歉，但要真是你幹的好事，那麼我絕對不會原諒你。」一說完，便悻悻然離去。

阿比米修斯平白無故遭受從小敬愛的長兄冤枉，難免憤恨難平，心裡冒出個念頭：「當初我要是跟著父親下地獄，境遇或許會比現在好上許多，至少不會孤零零一個。大哥硬是把我留在祂的身邊，恐怕只是要拿我做為對照，好讓我的後見之昏來彰顯祂的先見之明罷了！」阿比米修斯這個想法一直縈繞於心，始終揮之不去。祂同時也會記起大哥對自己點點滴滴的好，才剛決定要去跟大哥重修舊好，隨即回憶起小時候，每次自己在外頭受到欺侮後回家哭訴，亞特拉斯總是二話不說，衝出去暴打對方，不管對方的數量和塊頭，因此練得一身蠻力，而普羅米修斯卻僅是淡淡地發表不著邊際的評論，從未安慰過自己，遑論幫遭受欺侮的弟弟打抱不平。阿比米修斯思前想後，內心交戰不已，幾乎發狂，也就自暴自棄，且因慾求長久未得到滿足，索性找了各種各類的飛禽走獸洩慾兼洩恨，也藉以間接證明給長兄看，自己並未偷盜走女嬰，結果誤打誤撞，居然生出許多令祂老哥讚嘆不已的奇禽異獸來。

打從上回兄弟齟齬後，普羅米修斯自知理虧，但一方面實在不願意對自己素來輕視的弟弟示弱，另方面阿比米修斯不斷創造出令自己意想不到的奇特生物來，況且自己必須專注在新版人類上頭，普羅米修斯因此刻意不去過問阿比米修斯的荒唐行徑，兄弟間的關係益趨冷淡，終至不相往來。

做為新版人類思想與心靈的導師，普羅米修斯強調理性，教導他們重視思考，對萬事萬物抱持懷疑的態度，必須尊重自己與他人的自由意志，諸如此類。此外，祂也遵守與宙斯的約定，規範了「人不得傷害神、人不得違抗神、人不得自殺」的三法則，而且前者優於後者。

這三條法則與普羅米修斯其他教導大相牴觸，祂的學生們未免感到困惑，其中比較機伶的幾個，毫不猶豫地提出質疑，正如同普羅米修斯當初質疑眾神之王宙斯一般。普羅米修斯表示這三條法則屬於先驗，超出人類理性與知識範疇，不容討論。

祂讓每一代人的壽命逐漸縮短，直到平均不滿百歲為止，最終其猿猴模樣完全泯除，乍看之下，活脫脫就是一般泰坦神族的縮小版，並且有別於阿丹們，人與人之間不再具有明顯的膚色區別。至此新版人類的創造算是告一段落，繁衍生息與教化傳承的任務，轉由人類自行承擔。

普羅米修斯大致滿意演化的作用，先另外安置非常長壽的前幾代，不讓他們再與後代接觸，自己也不再直接涉足人群之中，卻會小心謹慎地為他們排除掉天然發酵的酒精，以及任何會引發心智迷亂的動植物。祂隱身於暗處，仔細觀察人類的各種活動，而格外在意這一版本的人類對於死亡的反應。

前幾版人類大多數是被神集體消滅的，沒有多少機會來展現對於逝者的情感，甚至有不少人嫌壽命太長、生命缺乏意義而活得不耐煩，進而讚頌死亡。對於許多壽命極短的新版人類來說，生命本身就是無上的意義，他們失去至親時所表現的哀痛欲絕，用以緬懷逝者的喪葬儀式，以及衍生出來的優美詩歌、音樂、美術、戲劇等等，在在深深打動普羅米修斯。祂覺得那有種難以言喻的淒清美感，具備不死神族未曾有過的濃厚親情與對生命的熱愛，祂因此更加堅定認為神族該死。

第十三章　天賜尤物

普羅米修斯與宙斯都擁有非凡的創造力，不過前者靠的是頭腦，後者則主要依賴下體。宙斯相當不甘心，因為普羅米修斯非但可以任意調控產物，還能大量製造，自己卻無法掌握究竟會生出啥玩意來，況且生殖這碼子事，每回都得親力親為，產量自然大受局限，再說生出一大群覬覦王位者，實在不是件好事。

過去這問題不算嚴重，宙斯一向不願耕耘，更不問收穫，每回播完種後，就立刻一走了之，放任子嗣（如果有的話）自生自滅，只有在絕對必要的時候，祂才會現身認親，但求瞞過老婆希拉就好。如今祂已是眾神之王了，且將更上層樓，成為「唯一真神」，假使還給遭到放逐的臣屬比了下去，實在大大有損威望。更重要的是，祂打算暗中建構一支人類大軍，以對抗可能反叛的眾神，這勾當僅靠自己的生殖能力，是根本辦不到的，而且床笫之事轉變成必須日以繼夜埋頭苦幹的任務，那就毫無樂趣可言了。

祂曾嘗試利用米修斯兄弟遺留下的器材來造人，結果鼓搗出致病微生物，以及蚊蠅蝗鼠之類的討厭東西，弄得天朝神國怨聲載道，最後不得不重新打起普羅米修斯的主意。由於漢密斯一直在窺探人間的動態，並適時回報，宙斯因此得悉三個神形偶各自成功播了種，而根據阿比米修斯的供稱，受孕的三女皆變現自神形偶的肋骨。

宙斯於是指示漢密斯綁架三個可憐的阿丹，將他們分別囚禁於三個星球，取其肋骨來創造女人，結果當然是徒勞無功。由於普羅米修斯刻意隱瞞造人的真相，並遮掩其弟阿比米修斯的醜行，使得這三個現代人類始祖的肋骨被拔得所剩無幾，幾乎造成三命嗚呼，差幸藉由阿比米修斯的協助，這些離開胸腔的肋骨才得以物歸原位，讓其主人苟延殘喘存活下來。

阿比米修斯雖是後知後覺，但祂十分明白，造人是米修斯兄弟的不傳之祕，自己能在宙斯心中占有一丁點的分量，全是拜掌握此祕技之賜，因此無論漢密斯如何軟硬兼施、威脅利誘，祂始終堅不吐實，更何況祂只是知其然而不知其所以然，唯有普羅米修斯才瞭解造人所有的細節與關鍵，而老哥對老弟顯然留了一手，而且是很緊要的一手。再者，目前人世間的普羅大眾並非全然源自創造，阿比米修斯強大的生殖能力也頗有貢獻，祂可萬萬不敢自揭瘡疤。

宙斯仍不死心，再遣漢密斯去人間偷盜一個女嬰回天庭研究，但始終搞不清楚，神形偶的肋骨是怎麼變成女人的，為此苦惱不已，氣得要生吞女嬰。

漢密斯擔心迸出另一個雅典娜來跟自己搶風頭，急忙奏道：「啟稟父王，兒臣有個想法，只不知行不行得通。」

宙斯縮小嘴巴，放下女嬰，揚揚眉毛，說：「且說來聽聽。」

「父王手上的雷霆杖威力無窮，用起來也相當得心應手，但您對於當初那三個獨眼怪究竟是怎麼弄出這棒子的，卻一無所悉。」

「事情是這樣子沒錯，不過雷霆杖跟造人有啥關係？」

「父王若能弄明白如何造人，固然很好，但似乎有些緩不濟急。目前父王手上已有三個神形偶跟這個女嬰，不如把女嬰養大，讓他們不斷交配生育，卯足全力繁衍後代，先謀完成雄圖霸業，再慢慢研究造人之法，又或許霸業既成，人類全無利用價值，那麼是否掌握造人之法，便無關緊要了。」

宙斯沉吟道：「唔，言之成理，准奏。」

宙斯留下女嬰不吞，將她取名為潘朵拉，在有情宮裡養育培訓她至亭亭玉立，因其面貌還多少具有猴樣，不甚喜愛，反正自己歡愛的對象已多不勝數，個個美貌風騷，也就不曾對潘朵拉染指，由漢密斯帶她去跟神形偶交配。

三個阿丹早已脫胎換骨，再也不是當年對天神畢恭畢敬、唯命是從的神形偶了，其靈性智慧得自雅典娜，而且他們久受普羅米修斯陶冶教化，謹守堅貞誓言，恪遵一夫一妻的倫常規範，再者他們認出潘朵拉是自己或兄弟的後代，因此任憑潘朵拉使出渾身狐媚手段，甚至小愛神丘比特用上許多枝金箭來射他們，他們說甚麼也不願意與她交合，就連黑卡蒂的黑魔法也不起作用。

宙斯一方面氣憤於普羅米修斯搞出所謂自由意志與倫常規範，使得卑賤至極的神形偶居然也敢違抗神王之命，也不想想，他們之所以擁有那話兒，可是拜自己之賜，另方面祂實在無可奈何，於是另外生出一個計較，指示漢密斯把潘朵拉轉賜給阿比米修斯。

阿比米修斯自從蒙受偷竊女嬰的不白之冤後，每當慾望一起，或者怨恨萌生，無論遇上甚麼飛禽走獸，只要是母的，都會迫不及待地騎了上去，祂初逢乍見妖嬈的潘朵拉，自然而然視之為天仙美女。況且飛禽走獸都是被祂強迫迎合的，潘朵拉則成長於有情宮，耳濡目染男歡女愛的場面可多了去，還曾痛下苦功，跟愛芙羅黛蒂精研床笫祕技，加上對阿比米修斯曲意承歡，其間滋味，真可謂雲泥之判，直讓阿比米修斯欲仙欲死，再也不碰任何禽獸了，至於潘朵拉可算是自己的外曾孫女，祂當然和其他眾神一樣，根本不在乎。

普羅米修斯察覺到有好長一段時日，人世間不再冒出新的奇禽異獸，畢竟手足情深，擔心老弟出了啥差池，反正閒著也是閒著，也就放下身段，前去阿比米修斯的住處探視，抵達時赫然發現其居所煥然一新，周圍花團錦簇，顯得繽紛俗麗，正感訝異，忽然眼睛一花，從屋裡走出一個面容奇特、體態婀娜、舉止輕浮的女子。

那女子一見到普羅米修斯，雙瞳放光，滿臉堆歡，和身貼了上去，甜膩膩說道：「難不成這位貴客，正是奴家久盼不來的大伯普羅米修斯嗎？今天是甚麼風，可把您給吹來了呢？快快快，快進屋子裡來，讓奴家好生款待您呀！」

普羅米修斯心念電轉，記得那失蹤女嬰左大腿內側有塊胎記，不由分說，一把掀翻了潘朵拉，撩起她的裙襬一看，果不其然。

潘朵拉如水蛇般扭擺身軀，嬌聲道：「嗯，討厭，你怎麼比你弟弟還猴急？這裡不方便啦，咱們另外找個合適的地方吧！」

普羅米修斯無視於她的言行舉止，兀自思索著其中關節。也算合該有事，阿比米修斯恰巧回來，撞見此一場景，厲聲大喝道：「住手！這究竟是怎麼一回事？」

普羅米修斯回過神來，起身說道：「你問我，我還想問你咧！這個女子究竟是怎麼來的？是你偷養長大的，還是吾王陛下送給你的？你可知道她就是當年失蹤的女嬰？」

阿比米修斯沒理會老哥的咄咄逼問，快步奔至潘朵拉身邊，俯身扶起了她，急切問說：「小潘潘，妳還好吧？有沒有怎麼樣啊？」

潘朵拉雙目蘊淚，泫然欲泣，哽咽說道：「你哥哥突然造訪，我好心好意要招待他，他竟然……他竟然對我……嗚嗚嗚……」話還沒說完，已梨花帶雨、泣不成聲。

阿比米修斯滿心不捨，親了親她的頭髮，柔聲說：「噓，別哭，別哭，妳眼睛掉滴淚，我心頭淌滴血，我一定會幫妳討回公道的。」一手摟著她的肩，轉過身去，對普羅米修斯怒目而視，粗聲粗氣說：「枉費我一向敬愛你，你竟然……竟然欺侮我的女人！」

「胡說！我才沒有欺侮她哩，剛剛只不過是要確認，她就是當年失蹤的女嬰，況且她是你的晚輩，不該成為你的女人。你可還記得當初承諾過我，永遠不碰人類女子？」

「你還有臉跟我提這件事！那時候你騙我說，吾王陛下肯定會怪罪咱倆，我才答應不碰人類女子的。結果如何呢？吾王陛下非但沒怪罪我，還經由漢密斯將她恩賜給我，讓我的『神生』從此有了歡樂和意義。」祂講到「她」時，不由得把潘朵拉摟得更緊。

「我騙了你甚麼？我說吾王陛下會怪罪咱倆的是，你搞上母猿猴而生下半神半猿的後代來，因為你這樣子做，不但弄擰了咱們造人的任務，還讓本該具有神的樣貌的人，長得怪模怪樣。至於永遠不碰人類女子，是我幫你遮掩這樁醜事的條件，跟吾王陛下又有甚麼關係呢？」

普羅米修斯講到「長得怪模怪樣」時，不由自主地看了看潘朵拉，惹得潘朵拉滿心恚怒。她「哇」一聲號哭起來，對阿比米修斯抽抽噎噎說：「我是真主恩賜給你的尤物，你哥哥不但對我不規矩，還惡意汙蔑我，更要強行拆散咱們，祂不知安的是甚麼心？」

阿比米修斯既心疼，又氣惱，對其兄咆哮道：「從小到大，甚麼事都是你對我錯，我想你號稱為先見神，應該比我懂些事，也或許你真是為我好，所以我一直容忍你，沒想到你變本加厲，自己拋妻棄子就算了，現在連我要過過幸福美好的日子也不容許。好吧，既然這樣，你走吧，我不想再看到你了。」

普羅米修斯素知其弟一向執拗，何況祂戀姦情熱，色令智昏，這當下又正在氣頭上，根本有理說不清，然而祂懷中女子虛偽狡詐，毫無廉恥，與宙斯如出一轍，勢必會將阿比米修斯玩弄於股掌間，基於愛護親弟之心，語重心長地說：「非常抱歉，讓你感受這麼不好，但是我必須再說一句：這女子絕非善類，你趕快離開她吧！」

這句話簡直如同提油救火，阿比米修斯頓時氣紅了臉，指著普羅米修斯的鼻子大吼道：「滾！你馬上給我滾！」這是祂自出生以來，頭一遭對祂哥哥態度如此凶惡。

普羅米修斯精於事理，卻昧於情理，眼見局面發展成這樣，當真大出本先見神意表，不禁長嘆口氣，轉身慢慢離去。

普羅米修斯前腳剛走，漢密斯後腳就到，問說：「普羅米修斯突然來這兒幹嘛？剛才發生甚麼事？你們小倆口的臉色怎麼這麼難看？」

阿比米修斯口才不佳，沒頭沒腦地邊說邊罵了一陣，潘朵拉隨後加油添醋敘述一番，娓娓道來，唱作俱佳，比整個戲班子演的還好聽好看，而她說的雖事事屬實，卻句句為虛。

其實用不著潘朵拉的嘴巴顛倒黑白，漢密斯的內心自有算計，祂一聽完，便把阿比米修斯拉到一旁，低聲說：「我實在不想破壞你們兄弟之間的感情，有些話一直擱在心裡頭，不敢透露一絲半點給你知道。」

阿比米修斯說：「自從我獨居以來，咱們比親兄弟還要親近許多，你有話就直說吧！」

「好吧，那麼我就勉為其難囉！你聽過之後，請自行斟酌，可別光聽我一面之詞。」

「這個我當然瞭解，我腦袋雖然不很靈光，但還是具有判斷能力的。」

「我想說的是，令兄一向道貌岸然，滿口高調，祂處心積慮，硬要將你跟人類隔絕開來，其實是祂把人類女子個個都視為禁臠，即使是你這個親弟弟，也碰都不能碰。祂當初一發現有個女嬰失蹤，急得跟甚麼似的，甚至還來你這兒興師問罪，完全不顧兄弟情面，說穿了，祂並非擔心那個女嬰的安危，而是純粹因為私心作祟。當年那個女嬰，如今非但長得花容月貌，而且賢惠多才，還跟你恩愛甜蜜，沒了老婆的祂一看到，心裡頭實在受不了，自然非拆散你們不可，好將令妻占為己有。」

阿比米修斯也不想想，即使雅典娜是從宙斯的腦袋瓜裡迸出來的，祂也始終搞不清楚自己的老子打了啥主意，那麼漢密斯又怎麼能夠明白普羅米修斯的心思呢？況且普羅米修斯從未對妻子以外的任何天仙美女動過心，怎麼會為了滿足情慾而把所有人類女子都視為自身禁臠呢？然而阿比米修斯對其兄成見已深，此時此刻，只要是關於普羅米修斯的壞話，無論多麼離譜，祂都信以為真，因此咬牙切齒罵道：

「我去祂娘的，這廝竟然如此可惡！」

阿比米修斯一時急怒攻心，沒意會到祂娘就是己娘。漢密斯只微微一笑，並不點破，繼續幫著阿比米修斯數落其兄，隨後進到屋內，接受潘朵拉的慇懃款待。

普羅米修斯回到居所，情緒漸漸平復下來，大大後悔方才逞一時口舌之快，當著那女子的面，吐露阿比米修斯先跟母猿猴生下崽子後、自己才得以造出現代人的祕辛。祂又覺得宙斯派遣漢密斯盜走女嬰後再送給阿比米修斯，肯定別有圖謀，料想三個阿丹同時失蹤，應該就是這對父子搞的鬼，其背後動機大概與造人有關，至於實際用意，則一時推敲不出。

普羅米修斯思考了一陣子，認為釜底抽薪之計，就是盡除早先幾代人，因為晚近幾代人類的壽命普遍不滿百歲，演化早已發揮實質效用，而且他們與神隔絕了許多世代，神族一時之間操控不了當代人類。這位一向缺乏權力慾的先見神並不瞭解，權力的作用遠遠超越演化或天性，更想像不到，當權者為了鞏固及擴展自身權力，究竟能夠做出甚麼樣匪夷所思的事情來。

普羅米修斯雖然下定決心，但祂對於承載自己對妻兒的愛的莉莉絲、夏娃、露曦，始終下不了手，於是將她們妥妥地藏匿起來，緊接著狠下心腸，殺盡其餘。祂痛下殺手時忽然覺得，克羅諾斯一而再、再而三消滅人類，或許有其不得已的苦衷。祂這樣子想，乃是以君子之心，度小人之腹。其實前代眾神之王之所以屢屢毀滅人類，一方面圖的是方便，另一方面貪的是爽快，祂可樂意得很，沒有絲毫不得已，更無所謂苦衷。

第十四章　盜取天火

現階段新版人類的壽命雖然大幅縮短，但生育遠為頻繁，疫疾與大規模戰爭未曾爆發，人口由是增加迅速，加上技術進展緩慢，對於天然資源的開採利用能力相當有限，人類生活也就愈來愈艱困，保命尚力有未逮，你爭我奪在所難免，在此情況下，就甭想發展出普羅米修斯憧憬的優美良善社會，打算借鑑人類的神族，其前途因此黯淡無光。即使如此，無論天上地下，不管神族人類，持續為人神共同未來費盡心思的，仍然只有普羅米修斯一個。

祂苦於自身缺乏工藝神赫菲斯托斯的高超技藝，即使有，光憑赤手空拳，啥事也幹不了，況且諸如火山之類的火源，都給宙斯設定為天神專享，凡人不得取用，受放逐的米修斯兄弟亦然。普羅米修斯徬徨無計，不得已潛回天庭，在一殿園無熱惱池的瞻部林中，向宙斯懇求授予人類火種。

「普羅米修斯，你自己聽聽看，你剛剛向本王提出了何等過分的要求。過去幾版的人類從未掌控過用火，這一版的憑甚麼要有呢？」原本體型健壯、膚色古銅的宙斯，如今皮細肉白，略顯發福，眼神卻更加銳利威嚴，宰制天下的雷霆杖，依舊寸步不離其身。

「啟稟吾王陛下，倘若純粹以人的觀點來看，前朝雖然暴虐無道，屢次殘殺生靈，但大多時候，卻是神人共處的美好歲月，一開始的黃金年代如此，其後的白銀、青銅甚至黑鐵時代也差不多是這樣。人類的生活條件雖然一代不如一代，但根本不用耗費勞力種植，大地就會長出足量的蔬果，動物滿山遍野，隨意捕獵即可獲得，火苗永遠不熄，任人隨時取用，而且那時候風調雨順……」

「甚麼風調雨順，你簡直是一派胡言！那時候要颳多大的風，下多大的雨，全憑風神雨神隨心所欲，毫無章法可言，因此人們竭盡所能來取悅主掌風雨的神祇，這豈非與你所謂的自由意志完全背道而馳嗎？」

「最起碼當時沒有四季的區分，現在則有酷寒的冬天，影響作物生長，而且那時候的神口數不多，酗酒情形還不嚴重，神族的糧食消耗遠比現在少得多，再加上颱風怪及其餘孽到處肆虐，人口大增……」

「這些狀況全非本王造成的呀，不是嗎？況且不正也是有這些狀況存在，那啥玩意的演化才能發揮效用，不是嗎？前幾版人類過得十分安逸，最終不也全都滅絕了，不是嗎？」宙斯連用三次「不是嗎」來詰問普羅米修斯，暗覺痛快。

普羅米修斯說：「演化發生效用的前提是生存，要是人類連活命都成問題了，那就根本甭想要發展進化，這回的造人實驗勢必仍將以失敗收場，咱們神族的前途委實堪慮啊！」

「普羅米修斯，你可千萬要搞清楚，人類要是能夠掌控水火，代表他們可以駕御自然，總有一天他們將力足以上天入海，進而挑戰神權，如此一來，咱們神族的前途就不僅僅堪慮而已，而是飽受威脅。無論如何，本王絕對不會容許這樣的可能性存在。」

「吾王陛下……」

「好了，夠了，這事根本沒得商量。不說別的，光是你剛剛那番心懷前朝、詆毀本朝的言論，就足以構成謀反的罪名。」

普羅米修斯誠惶誠恐跪伏在地，顫聲道：「臣不敢，臣知錯，臣魯莽。」

宙斯目睹一向桀驁不馴的普羅米修斯如此低聲下氣，心裡很是得意，語氣放軟說：「本王明白你是一時心急口快，不會跟你計較的。你下去吧，本王會另外幫你想法子，不至於讓這版人類就這樣完蛋，畢竟咱們神族的未來可能還得仰仗他們，不是嗎？」

普羅米修斯看宙斯的態度軟中帶硬，無奈何只得悵然拜辭。宙斯隨即召來漢密斯面授機宜。

為了神與人的共同前途，普羅米修斯當然不肯就此善罷干休，不過由於祂是個被放逐者，不能公然在天朝神國裡現身，也就晝伏夜出，拐彎抹角地找到海克力斯，在荒僻幽靜的密林中，冷月疏星的照映下，告以來意。

海克力斯驚詫道：「甚麼，偷盜火種？這可不是件小事，要是給吾王陛下知道了，你我必定遭受極其殘酷的懲罰，我勸你務必打消這個念頭。」海克力斯是宙斯的私生子，以前浪跡人間，跟著漢密斯隨意稱呼宙斯為「父王」，但打從因功住進神國起，日日夜夜戰戰兢兢，反倒不敢揭露這層親子關係，即使私會普羅米修斯時也是如此。

普羅米修斯長嘆口氣，說道：「我何嘗不明白這件事的後果呢？然而我有不得已的苦衷啊！」

「你既然有苦衷，何不奏明吾王陛下，由祂定奪？」

「唉，你有所不知，祂正是我的最大苦衷。」

「你離開天庭有段時日了，如今的景況與你走前大大不同，你剛才這種大逆不道的言語，千萬不能讓其他神聽見，尤其是由阿瑞斯統領的錦衣親兵衛，否則肯定會吃不完兜著走的。錦衣親兵衛手段之凶殘，絕對超乎你的想像。」

「這個我推想得到。」

「你推想得到，竟然還敢說出不臣言語！」

「因為我信得過你嘛！」

海克力斯先是一怔，隨即正容慷慨說道：「我雖蒙吾王陛下欽賜免死金牌，擁有了不死之軀，還入住神國聖境，但畢竟僅僅是個半神人，只能在八卦村外的九龍寨搭個草寮混日子，平常除了你跟雅典娜之外，沒有任何神曾經正眼瞧過我，更別說論交談心了，連以前一同闖蕩人間的漢密斯，平常沒事也會刻意避著我。正所謂『士為知己者死』，如今承蒙你看得起我，我再怎麼拚死拚活，也要解決你的難題。」

普羅米修斯大受感動，緊握住海克力斯的手說：「你放心，這件事的後果我將獨自承擔，絕對不會連累你的。」

海克力斯點點頭說：「你信得過我，我也信得過你。嗯，你是遭受流放的欽犯，要偷盜火種並挾帶到人間去，那是萬無可能的事，即使辦到了，天降一場風雨，也就熄滅了，難不成你要反覆前來盜取天火？」

普羅米修斯面色凝重，沉聲說：「這話說得有理，那要如何是好呢？」

海克力斯展顏笑說：「與其幫人類盜火，還不如教他們升火哩！一技在手，用火不愁，呵呵。」接著把如何升火的技倆，細細說了個清楚，還邊說邊示範。普羅米修斯練習了幾次，覺得已經駕輕就熟了，便辭別海克力斯，興沖沖離去，行前祂倆約定好一旦東窗事發後的說詞。

一日，宙斯俯瞰人間，赫然發現星火點點、炊煙裊裊，即遣戰神阿瑞斯率錦衣親兵衛隊，下凡逮捕普羅米修斯。阿瑞斯行軍打仗不行，至於幹些狐假虎威、欺善凌弱的差使，倒是個一等一的能手，不費吹灰之力，就捉拿住普羅米修斯，用鐵鍊把祂牢牢綁縛於高枷鎖山頂的石壁上。

宙斯親至山頂，一見著普羅米修斯，勃然作色，厲聲說道：「好啊，普羅米修斯，敢情你是在人間吃多了熊心豹子膽，才會如此膽大包天，違抗本王嚴令，偷盜火種給卑賤的人類。」

普羅米修斯說：「啟稟吾王陛下，無論是熊是豹，都是罪臣創造的，等於是罪臣的孩子，罪臣實在不忍心吃牠們，平常時候都是吃素。」

「你少跟本王耍嘴皮子，本王才不管你究竟是吃葷吃素還是吃屎。哼！你還當真神通廣大，能夠從天庭盜取火種，一路下到人間，而沒燒著自己的老皮跟雜毛。你給本王一五一十招來，你究竟是怎麼辦到的。」

普羅米修斯打算獨自承擔一切罪責，按照先前跟海克力斯商議的說詞答稱：「罪臣和雅典娜頗有交情，對於祂的住處算是熟門熟路，當日離開一殿園後，便設法潛入祂天才居裡的廚房，偷了火種，藏在中空的茴香桿裡，再小心翼翼地帶下人間，分給眾人，以一火燃千火，終至人人得光明，家家獲溫暖。」

宙斯臉上閃過一抹神祕表情，說：「你還真有一套，本王算是服了你了。火苗既然已經廣布人間，本王暫時沒打算弄熄。不過你公然違抗本王嚴命，就得受罰，而且是重重的責罰。」

「鼎鑊甘如飴，求之不可得。」

「鼎鑊能吃嗎？還甘如飴哩！」

「啟稟吾王陛下．這個說法是某版本某個人的形容詞，用來表示……」

「好啦，別再拿卑賤人類的用詞來教訓本王。唔，既然你說到『肝如飴』，那麼我就罰你天天讓一隻神鷹啄食肝臟，即日起行刑。」宙斯這話才說完，便雙手交疊，負於腰後，氣沖牛斗地大踏步走離，再悄悄踅到普羅米修斯看不見的地方，搖身一變，化為一隻威猛極了的巨鷹。宙斯時常變身成巨鷹，四處翱翔獵豔，包括前去私會海仙女忒提絲。祂還有回擄獲一個絕美少年甘尼美德，載回奧林帕斯山，除了滿足自身龍陽之癖外，也不藏私，讓漂亮小伙子在宴會上為眾神侍酒，頗有炫耀之意。甘尼美德果然不負聖寵，博得滿堂男女眾神豔羨不已，據說水瓶座的形象，正是源自他傾酒的模樣。宙斯龍心大悅，恩賜甘尼美德永生不死。因此宙斯對於變鷹這勾當，可謂駕輕就熟。

那隻巨鷹噗啦啦飛到普羅米修斯身前，先用利爪抓破其胸腹皮肉，再歪斜著頭，以尖喙啄食牠的肝臟，邊啄邊忖道：「哼！君子報仇，四十億年不晚。當年你狠甩了我兩耳光，我誓言讓你肝腸寸斷、生不如死，如今才得報此仇，況且放著腸子不吃，只吃肝臟，認真算起來，還是你占便宜些。」祂為報小冤小怨，處心積慮達數十億年之久，布置下天羅地網，此刻滑溜溜、鮮嫩嫩的肝臟入口，頓覺滿心歡快，直弄得一頭一臉的鮮血，然後把頭臉貼在普羅米修斯的身上，來回擦拭乾淨，隨吃隨擦，隨擦隨吃，好整以暇，模樣相當自在愜意。

普羅米羅斯痛不欲生，但祂是天神，再生能力本就相當強的肝臟隨即長出，甚至比原肝更加鮮嫩多汁，完全沒有纖維化或硬化的不良口感。那隻巨鷹直吃到饜足，這才志得意滿地飛離。從此以後，宙斯天天來高枷鎖山頂享用新鮮神肝大餐，夜夜在二姨宮裡臨幸普羅米修斯的親娘泰美絲，深深體會到為王之樂，莫過於隨心所欲地擺布臣下，而臣下始終無可奈何。

一日，那隻巨鷹堪堪飛離，海克力斯就摸上山來，乍見已被折磨得不成神形的普羅米修斯，驚嘆說：「我說老兄啊，你原本貴為天朝軍師，何苦為了區區人類，把自己搞到這樣的田地呢？」

多日來一直垂頭瞑目的普羅米修斯，聽到說話聲，萬分艱難地抬頭張眼，見是老戰友，不禁喟然長嘆道：「唉，一言難盡！對了，你是怎麼知道我被囚禁在這裡的呀？」

「我可是大費周章，才從雅典娜那裡打探到的，又幾經波折，才上到這裡來。」

「哦，雅典娜？祂也知道我這破事啊？」

「是的。吾王陛下每回懲罰了誰，總會公告周知，說是要明正法典，以儆傚尤。」

普羅米修斯苦笑著說：「呵呵，這條臭規矩，是本朝初創時我所訂定的，如今竟然報應在我自己身上，真可謂作法自斃。」

「你的罪狀雖獲大肆宣揚，不過你究竟被囚在哪裡，倒是不曾公布，眾神也都諱莫如深，只有雅典娜勉為其難地透露給我大概位置，我費了許多工夫才找到這裡。」

「縱使公布我受囚之處又如何呢？難道會有誰膽敢來解救我？」

「解救你是萬萬不敢，但是偷偷送點吃的喝的，還是可以的。」海克力斯從衣袍裡掏出一小塊蕈菇和一小瓶蜂蜜，饒是如此，已足以讓普羅米修斯感動得紅了眼眶。緊接著海克力斯餵祂飲食，祂囫圇吞下，邊吃邊掉淚。

神族不飲不食，雖不至於渴死餓死，然而軀體一旦有所耗損，勢必得補充能量，否則比人類餓肚子還要難受許多。普羅米修斯必須天天重生肝臟，耗損甚劇，加上此處高寒風勁，長年陰霾，絕少日精月華可採，祂除了皮肉與肝臟劇烈的撕裂穿刺痛外，五臟六腑如受烈火焚燒，四肢百骸似遭鐵鉗緊壓，身體逐漸萎縮，神志趨於昏聵，此時飲食一下肚，祂猶如久處涸轍之魚，乍得杯水滋潤，忍不住要歡欣雀躍，只是身子仍被鐵鍊緊緊縛住。

此後，海克力斯隔三差五地帶來些許飲食，給普羅米修斯聊為糊口。普羅米修斯的軀體未能完全復原，新生肝臟卻果真變得味美如飴，白白便宜了宙斯所變化的巨鷹。

這一日，海克力斯間隔了老長一段時間才又到來，普羅米修斯天天望眼欲穿，好容易盼到他出現，既覺興奮，卻也忍不住抱怨說：「我說小海啊，你怎麼隔了這麼久才來呢？你可知我等你等得有多心焦？」這段日子苦熬下來，祂與海克力斯已到了熟不拘禮的地步，暱稱他為「小海」，而海克力斯也跟祂稱兄道弟起來，兩個乾脆義結金蘭。

「大哥有所不知，眾神只生不死，還不願禁慾，不懂節育，如今天朝神國已是神滿為患，既不事生產，又欠缺來自人類的貢品，糧食嚴重短缺。小弟是地位最最低下的半神人，食物配額著實少得可憐，往往得偷偷下凡到人間張羅，難免耽擱些時日。」

普羅米修斯露出尷尬神情說：「你把食物給了我，自己豈不是要餓肚子了嗎？」祂原想詢問自己妻兒的景況，尤其是關於兒子杜卡利翁，話到嘴邊還是硬生生忍住了。

「這倒不至於。大哥可別忘了，小弟曾經浪跡人間好長一段時日，雖然早已託身於天朝、寓居在神國，覓食的本領還沒完全拋下，只是每回來去神國人間，必須躲避錦衣親兵衛的查緝，覓食還得碰運氣，這回運氣不佳，累得大哥挨餓多日。」

普羅米修斯大為感動，哽咽說道：「小海，你對我可真……真好，我不知要怎麼……怎麼回報你才好。」

海克力斯說：「咱們既然已經拜了把子，大哥就別說這麼見外的話，我只恨自己沒本事解救您。」

「唉，這怪你不得，完全是我自找的。」

「對了，大哥還沒跟小弟說明這件事的來龍去脈。您跟令弟下凡人間，究竟發生了甚麼事情？聽說你們兄弟倆為了一個女人鬧得很不愉快，真有這回事嗎？」

普羅米修斯被綁在山頂吹寒風，哪兒也去不了，啥事也不能幹，閒著也是閒著，而且完全信任眼前這位拜把兄弟，也就將前因後果，源源本本地說了個仔細，包括這版本人類的創造過程，自己怎麼因潘朵拉而跟阿比米修斯決裂。把兄弟倆又天南地北閒聊了一陣子，海克力斯這才跟普羅米修斯依依道別。

海克力斯剛下到山腳，戴著隱形盔、潛伏在高枷鎖山頂的漢密斯隨即追至，摘下頭盔，現出身形，說道：「你方才和普羅米修斯的對話，我全聽見了，這回你可立下了天大功勞。」

海克力斯猛吃一驚，原想回報九分、隱瞞一成的打算頓時落空，不由得怨怪起漢密斯，說道：「當初我答應傳授升火技法給普羅米修斯之前，你承諾不會太過難為祂的，結果怎麼……」

「老普可沒缺胳膊少腿，反而顯得更加年輕，至少祂的肝是這樣子的，不是嗎？」

「但是祂這些日子受盡苦楚。」

「好了，你就別再抱怨了。我跟你說，你仔細聽著：父王將指派給你幾項看似艱難的任務，再暗中幫你完成，接著你就可以解救可憐的老普了。綑綁住老普的鐵鍊，是我棒子上的兩條蛇變化而成的，到時候我教你一句指令，那兩條蛇一聽到指令，就會立即鬆綁。」

「甚麼？還有艱難的任務要我去幹？」

「別急，別急，你先聽我說完嘛。這些任務只不過是跑跑腿、打打小妖小怪而已，沒啥困難的，更是無驚無險，當然，我們會大肆渲染，描述成困難重重、危險至極的樣子。等事成之後，父王將公開表彰你的功蹟，並晉封你為大力神，讓你在眾神面前大大露臉。你趁機請求父王釋放老普，父王假裝勉強同意，讓你額外賺到一筆順水人情，在那之後，已經對你推心置腹的老普，還不對你感恩戴德嗎？」

海克力斯一聽，立即喜逐顏開，對漢密斯千恩萬謝，當然也不忘對宙斯歌功頌德一番。

後來的發展果然如漢密斯所言，只不過祂對同父異母兄弟，漏說了一個非常關鍵的細節。海克力斯完成著名的十二大苦工後，在天庭的慶功表揚大會上，獲封為大力神的他，趁機向眾神之王提出釋放普羅米修斯的請求，然而最終感到左右為難的並非宙斯，反而是他自己，因為宙斯要求一命換一命——海克力斯必須設法讓他衷心敬愛的導師凱隆自願放棄永生。

人首馬身的的凱隆，據說是第二代神王克羅諾斯的私生子，一出世就被生母海仙女菲呂拉抛棄。宙斯隨即派遣阿波羅和阿緹密斯兄妹尋獲祂，予以收養並悉心教導。凱隆長大學成後，無緣無故遭逐出奧林帕斯山，流落人間，「適巧」收容教育了好幾個半神人，其中包括海克力斯和斬首蛇髮女妖美杜莎的帕修斯。海克力斯與帕修斯的真正生父都是宙斯，他倆因此可算是同父異母的兄弟，而海克力斯的母親竟是名滿天下的大英雄帕修斯的親孫女，她是遭宙斯施展卑劣的幻術誘姦成孕的，所以哥哥也同時是外曾祖父。這讓獲悉實情的海克力斯幾乎崩潰而自暴自棄，幸賴同為孤臣孽子的凱隆解開他的心結，並傳授給他諸多技藝和武術。海克力斯對於陷害恩師凱隆一事自然立即拒絕，但宙斯以他妻兒子女的性命脅迫他，海克力斯不得不屈從，這才體悟到「君要臣死，臣不得不死；父要子亡，子不得不亡」的無奈——所謂「不得不」，並非出自臣子的意願，而實在是君父的手段啊！

海克力斯去到凱隆和半人馬族混居的山谷，沒先拜謁恩師，反倒造訪一位好友，逼迫他在月黑風高的深夜，帶領自己闖入半人馬族密藏美酒的山洞。平常並不特別好酒貪杯的海克力斯，此時一反常態，大飲特飲，還砸毀酒罈，濃郁酒香自然引來了酒主人半人馬族，雙方大打出手。海克力斯力退半人馬族後，假借黑暗與醉意，去到凱隆居處，用淬了九頭蛇海卓拉的毒液的利箭，射穿出外查看動靜的凱隆的一隻膝蓋，而海克力斯的箭術還是凱隆傾心傳授的。睿智的凱隆僅問了幾句話，便明白這根本不是無心的誤擊，而是一場精心策畫但拙劣實施的陰謀，於是質問海克力斯為何要背叛祂。心痛如絞、慚惶無地的海克力斯，邊把凱隆抱進屋內療傷，邊垂淚據實以告。凱隆雖然精通醫術，但實在無法緩解歹毒無比的海卓拉毒液所引發的劇痛，深感生不如死，表示自己願意放棄永生，但要求海克力斯在解救自己最崇拜的普羅米修斯時，必須穿著自己最心愛的一件衣服，如此一來，就好像自己也參與了營救偉大的先見神的偉大行動。在海克力斯應允並接過凱隆遞給他的衣服後，凱隆扶著桌椅勉強站起，仰天向上，出盡全力，高喊三次「我凱隆願意放棄永生」，隨即撲倒死亡。

此刻，在寒風凜冽的高枷鎖山頂上，緊縛住普羅米修斯的鐵鍊終於鬆脫了，祂瞬間癱倒在地，過了半晌，才掙扎地坐起身子來，背部抵著嶙峋冰冷的山壁，感激萬分地望著義弟海克力斯，卻驚覺他面如死灰、眉頭緊鎖，於是問說：「小海，你怎麼了？我終於得救了，難道你不為我感到高興嗎？假若真是這樣，你又何必費心解救我呢？」

「大哥千萬別多心，大哥吃足苦頭，終於獲救，小弟怎麼會不高興呢？只是……只是……」

「只是甚麼，你倒是說清楚啊！」

「只是家家有本難念的經，我妻兒子女遭遇了一些麻煩。」

「你不是單身漢嗎？啥時候冒出來妻兒子女的？你家裡又有甚麼難念的經呢？」

海克力斯家中這本難念的經的作者，正是他的神王老子，然而他擔心漢密斯正在一旁偷聽，不敢明言，吞吞吐吐說：「這個嘛，嗯，唉，事情是這樣子的。」

他頓了頓，續說：「大哥有所不知，在您下凡的這段期間，吾王陛下賞賜給我一個女人，還恩賜她長生不老……」

「哦，那是甚麼時候的事？」

海克力斯據實以告。普羅米修斯掐指一算，推定當時自己剛離群索居不久，宙斯隨即劫走一個女人，還送給了海克力斯。普羅米修斯一念至此，不由得心膽俱寒，原來自己在人間的一舉一動，宙斯居然掌握得一清二楚，而且此舉必定別有圖謀，而那絕對不會是甚麼好事。

海克力斯又說：「我跟那個女人連生三個娃兒，家居生活雖然簡樸清苦，也算是甜蜜美滿。我一向被神蔑視，遭人排斥，孤身浪跡天涯海角，接著在天朝神國獨居好長一段時日，終於娶妻生子，得到家庭溫暖，自然非常珍惜。」

「這是理所當然的。那麼府上到底出了甚麼問題？」普羅米修斯並不怨怪義弟隱瞞娶妻生子之事，因為在祂的內心深處，已經蒙上遠更巨大幽暗的陰影。

「大哥剛剛才解脫桎梏，免除酷刑，就先別替小弟煩心了。過些時日，小弟再向大哥稟報家裡的事，並勞請大哥幫小弟拿個主意。」普羅米修斯不便強人所難，點了點頭，算是應允。

這時，海克力斯突然發狂似的猛扯身上的衣服，脫得精赤條條仍不罷休，把皮肉也撕扯了下來，頓時血肉模糊、深可見骨，而骨頭隱呈黑色。原來凱隆在交付給海克力斯所謂自己最心愛的衣服前，把沾染海卓拉毒液的血液塗抹在衣服內側，海克力斯今日實現恩師的遺願，穿著那件衣服，毒質慢慢穿透他的皮肉，直滲進骨頭裡。他痛得大呼小叫，最後實在受不了，連續厲聲高喊三聲「我願意退還免死金牌」。

一道天雷倏然劈下，正中他的頭頂心，立時奪走他的性命。宙斯隨即手持雷霆杖現身，饒有興味地檢視兀自站立著、因劇痛而極度扭曲的焦黑屍體，邊看邊說：「好孩子，免死金牌就甭退還了吧，反正沒啥用，本來就只是唬弄你的而已。」

普羅米修斯一時驚呆，待回過神來，跪坐在地，大喊：「小海，小海，你醒醒啊！你醒醒啊！你還沒跟我講你家裡的事哩！」

宙斯嘻皮笑臉說：「他家人全死光了，還能有甚麼事情好講的呢？」

「這這這是甚甚甚麼時候發生的事？」口齒一向便給的普羅米修斯，因為過於傷心與震驚，居然口吃了起來。

「就在本王出發來這裡之前，本王大發慈悲，特意送他們一家五口到我兄弟黑地斯那兒團聚。」

「你為甚麼要這樣子做呢？海克力斯可是你的親兒子啊！」

「呦！號為先見神的普羅米修斯，只不過挨了點餓、吹了點風、遭了點寒、受了點驚，難道就因此罹患失憶症了嗎？天王老子家是怎麼對付親兒子的，你又不是不清楚，況且本王這是在幫你申冤，幫我的親兒子海克力斯贖罪。」

「申……申甚麼冤？贖甚麼罪？」

「以本王的睿智，自然明白人類沒火可用就成不了氣候，才在納悶你怎麼還沒來懇求本王賜火給人類，嘿嘿，過沒多久你就冒出來了。看來你先見神的美譽，要拱手轉讓給本王了。哈哈……」宙斯止住輕笑，續說：「嗯，海克力斯教你升火，正是本王授意的。」

「不可能！當初他一再勸我打消這個念頭。」

「你老兄是勸得動的嗎？你怎麼連以退為進的手段也不明白呢？他來探視你，也是我指示的，他帶來的飲食，還是我賞賜的哩！而我這個寶貝兒子的手腳不怎麼乾淨，每次都剋扣了些，看來他對義兄的義氣還挺有限的，最起碼要打對折。」

「所以你打從一開始就知道我根本沒盜取火種，竟然還假意來質問我是怎麼偷的。」

「冷眼看著先見神扯謊的模樣，而先見神完全不知道自己的謊言早就被戳破，這實在是神生一大樂事啊！哼哼哼，哈哈哈……」

「瞧瞧你自己，權力竟然讓你變得如此喪心病狂。」普羅米修斯腦筋略轉，即明白宙斯所言非虛，此刻只能微弱地反擊著。

宙斯臉現輕蔑神色，說：「我喪心病狂，難道你就德行高超嗎？你不也背叛那三個獨眼怪嗎？」

「我是不得已的，我的所有作為，完完全全是為了神族的未來，沒有一絲一毫是為了我自己的私利。」

「神族？哪來的神族？」宙斯問說。

普羅米修斯大惑不解，迷惘地望著宙斯。

宙斯說：「我將是宇宙中唯一的真神，很快就再也沒有所謂神族了，而這一切，都是拜你之賜。你，普羅米修斯，就是你，親手毀掉了你所謂的神族的未來。此外，你老子一直在地獄蹲著，令堂到底是怎麼搞的，竟然能夠幫你連生了好幾個白白胖胖的弟弟妹妹？」祂歡唱道：「雪霽天晴朗，我要上你娘，騎著你老娘，爽快遊四方。哈哈哈……哈哈哈……」宙斯的笑聲比任何言語的侮辱性還更強烈許多。普羅米修斯急怒攻心，厲聲嘶喊：「你為甚麼可以這麼壞？」隨即在宙斯的狂笑聲中，一頭猛撞在高枷鎖山壁上，立時暈了過去。

宙斯止住笑，哼了聲說：「我為甚麼可以這麼壞？純粹因為我可以啊，傻子！對於權力，我向來篤信的箴言是：奪取它，保有它，擴大它，享用它。其實只要沾上權力，任誰都一個樣，神是如此，人是如此，動物也如此。你號稱先見神，連這麼粗淺的道理都不懂，活該落得如此下場。」祂隨即召來漢密斯，囑咐如此這般。

漢密斯得令，收了二蛇，戴著隱形盔，抱起從此變得痴呆的普羅米修斯，飛去莉莉絲、夏娃、露曦的藏匿處，學起普羅米修斯的語調，高聲召喚她們。她們藏得相當隱蔽，很難被發現，不過既然聽到普羅米修斯的召喚，還看到祂單獨親至，也就現身出來，一下子就被隱形的漢密斯逮住。

漢密斯早已從潘朵拉那兒得悉這三女的來歷，一見到她們的模樣，還是忍不住啞然失笑，內心暗罵說：「阿比米修斯你這個混帳東西，騙得你老子團團轉，老子甚至弄髒好幾次手來拔神形偶的肋骨。要不是父王還有用得著你的地方，光是欺君之罪這一條，就足夠讓你吃不完兜著走的。你老哥被啄食肝臟，你恐怕得被嚼咬蛋蛋。嘻嘻。」

對創建宙斯王朝居功厥偉的先見神普羅米修斯，被押返天朝神國，給釘在十字架上遊街示眾，好為眾神之王貢獻其剩餘的娛樂及警惕的價值。祂最終被關押在無極殿某座幽黯髒臭的地窖裡，目光呆滯、嘴角垂涎，任憑鼠輩不時啃嚙祂的身軀。祂是否後悔，那已無從得知了，因為必須間隔許久許久，才會有個既聾又啞、地位最低下的僕役，下到地窖去餵食祂。

漢密斯將三女分別帶去三個阿丹遭囚禁的地外星球，讓他們及子女們不斷交配繁衍，創造出三種膚色的人群來，並由繆思女神發明不同語言，分別教導他們，好讓各人種之間產生隔閡，但都不遺餘力地灌輸他們唯一真神的信仰。

第十五章　人間神王

聽完漢密斯眉飛色舞地陳述普羅米修斯的現況後，面色凝重的阿比米修斯，內心難免五味雜陳，畢竟祂對長兄可謂愛恨交織，既然拙於言辭而且實在不知該說些甚麼，也就默然不語，卻不由得長嘆口氣。

漢密斯勸慰祂說：「令兄落得如此下場，可說是咎由自取，跟你毫無關係，你大可過得心安理得，與其為祂難過，不如好好享受在人間的生活吧！」

「這樣子說雖然沒錯，但祂到底是曾經跟我相依為命、患難與共的手足同胞啊！」

「你有情有義，心裡頭能夠偶爾念叨著你這個哥哥，那就很對得起祂了。換個角度想，對於你來說，令兄現今遭遇未始不是件天大的好事哩！」

「哦，這怎麼說呢？」

「沒了普羅米修斯，長住在人間的神，不就只剩下你一個嗎？嗯，你應該明白我的意思吧？」

阿比米修斯一時心頭火熱，瞬間把長兄的不幸遭遇拋諸腦後，顫聲說：「換句話說，從今以後，我是人間唯一的……唯一的……神？」

「的確如此，只要再沒別的神下凡人間。」

「那麼……那麼……我應該要怎麼做呢？」

「那還不簡單，就做你應當做的事啊！」
「甚麼才是我應當做的事呢？」
漢密斯眯著眼睛、揚起嘴角說：「我帶了瓶好酒來，是戴奧尼修斯專門為無極殿釀製的極品貢酒，咱們邊喝邊聊吧！」
阿比米修斯在漢密斯與潘朵拉的一再慫恿下，終於鼓起勇氣，現身於與神隔離已久的普羅大眾之前，自稱為「神使」，一再展現神力，同時宣揚宙斯為唯一真神，並號令人類信真神、守教條、遵教化。這與傳承自普羅米修斯的信真理、重思辨、存懷疑的信念大相逕庭，人們起初無所適從，但隨著時間推移，稍後幾代或者迷惑於阿比米修斯展現的神力，或者屈服於其淫威，也就逐漸接受，並自發性地形成宗教，建立一整套繁複的儀軌，比阿比米修斯與漢密斯事先預想的成效還來得好。
其後漢密斯奔波於三個地外星球，督促阿丹們與其妻子生兒育女，還要幫繆思女神照看他們及其子嗣不斷冒出來的後代。由於眾神之王私蓄人類這件事相當隱密，只能委任給極少數的心腹來執行，所以漢密斯實在忙得不可開交，根本無暇慮及人間事務，後來祂效法阿比米修斯，試著放手讓人類管理自己，這才獲得喘息餘裕。這期間阿比米修斯成為不折不扣人間唯一的神，已久受世人膜拜、飽嘗權力滋味的祂，不甘心屈居為區區神使，於是自命為王，而祂與潘朵拉所生後代，自然而然就是高貴神聖的王族。祂為了保持王族血脈的純正，嚴令只許王族自相通婚，如此一來，王族繁衍出的後代，也就愈來愈蠢，愈來愈偏執，慾望愈來愈大，益發胡作非為。
人類捱過幾波強力的鎮壓及整肅，從此敢怒而不敢言，只能默默忍受，其中一部分從宗教中得到慰藉，冀望著死後與來世，卻沒料到宙斯早已布下天羅地網，死後的世界由祂兄弟黑地斯掌管，在那裡進一步強化思想改造，讓重生的人類心甘情願接受教條與奴役。另有少數一些人成為王族的傳聲筒與統治工具，他們反倒比王族更為濫權，不斷藉由酷刑與壓迫來突顯本身比一般人優越，因而施加給平民百姓莫大的痛苦。
阿比米修斯極度享受人民的巨大苦難，如此彰顯了祂在人間所獲得的尊榮，甚至遠遠超越在天庭裡的宙斯。畢竟宙斯僅僅是神族之一，本質上與其子民並無不同，不能對臣下為所欲為，連要報復普羅米修斯，還得耗費數十億年來設下重重圈套。而阿比米修斯是神，其子孫為次一等的半神人，普羅大眾則為地位更為低下的人，先天上就完全不平等，祂對人民的生殺予奪，全憑自己一時興起（其實多半是基於潘朵拉與人類大臣的讒言）。這讓阿比米修斯不由得妄自尊大起來，奉宙斯為天上唯一真神，而以人間唯一真神自居，儼然要與宙斯分庭抗禮，除了仿照無極殿和有情宮的樣式大興土木外（偌大的有情宮只專寵潘朵拉一人），近來更打算把必須上繳天朝神國的貢品，改稱為「展現雙方友誼的禮物」，試探性地向漢密斯提出該想法。
「阿比米修斯真有這種意圖？」宙斯用拇食指撚著鬍鬚末梢，聽完漢密斯的密報後，發出此一疑問。

「稟報父王，兒臣方才所述，絕無半句虛言或任何誇大不實之處。」

宙斯不怒反喜，嘻嘻笑說：「那麼這個呆子可比本王認知的還來得蠢些，這麼容易就落入本王設下的圈套。」

漢密斯諂媚說：「阿比米修斯再聰明千百萬倍，也逃不出父王的手掌心，即使是號稱為先見神的普羅米修斯，還不是給父王玩弄於股掌間，落得生不如死的下場。」

宙斯突然臉色一沉，說：「既然提到普羅米修斯，你倒是評論看看，本王是否對祂太苛待了些，雅典娜已來跟本王抗議過好幾次了。」

「恰如其分，甚至太仁慈了。無論再如何嚴厲的懲罰，普羅米修斯都算罪有應得。」

「唔，不如這樣子吧，從今日起，你幫普羅米修斯多添些飯菜，讓祂養胖些，好餵養更多的鼠輩，本王自有妙用。」

「遵命！」

又過了段時日，宙斯估計萬事俱備，一切就緒，便責令阿瑞斯率領錦衣親兵衛隊，大張旗鼓地下凡到人間去逮捕阿比米修斯。阿比米修斯的軍隊平常欺壓平民百姓相當得心應手，卻哪裡對付得了天兵天將，反倒悉數陣前倒戈，爭先恐後地湧入王宮裡，將阿比米修斯與潘朵拉硬拖下王座后位，綁縛起來，要押去獻給阿瑞斯。

阿比米修斯這些年來驕橫慣了，對著將領們嘶吼道：「你們到底在搞啥鬼，本王命令你們，馬上把王后和本王放了，否則叫你們吃不……」

潘朵拉比較乖覺，喝道：「好了，你別再說下去了！」

阿比米修斯敬妻畏妻，甚於敬畏眾神之王，也正因聽從老婆規勸（或者命令），即時閉上了嘴，所以祂在被押送的路途中，沒吃太多苦頭。這大概是潘朵拉對阿比米修斯說過的千百萬句話中，最良善正面的一句，雖其本意是為了她自己好。

阿比米修斯一看到阿瑞斯的陣仗後，不禁倒抽一口涼氣。祂再如何後知後覺，畢竟並非不知不覺，頃刻間把過去的林林總總兜在一處想，也能明白究竟是怎麼一回事——自己早已失去利用價值，居然還愚蠢至極地公然觸犯宙斯的忌諱。祂一念至此，驀然想起長兄的遭遇，頓時兩眼失神，雙膝頹然跪倒在地，緊抿著嘴，不發一語。

阿瑞斯上前，嘻嘻笑說：「阿比米修斯，你好啊！瞧瞧你，綾羅綢緞裹著細皮白肉，顯然過得比天朝神國裡的眾神還要舒服享受許多，不過你的好日子恐怕就到此為止了。」

潘朵拉聽祂語氣，自己似乎不是要被整肅的對象，於是大送秋波，嬌聲說：「大神阿瑞斯，你饒過奴家，奴家願意粉身以報——您明白的，奴家所說的粉身，是指全身擦滿香噴噴的粉。」

原本垂頭喪氣的阿比米修斯按捺不住，抬起頭瞪視著潘朵拉說：「妳妳妳，妳這個……」後面的話卻不敢說出口。

「我這個甚麼，你倒是給老娘說清楚呀，別吞吞吐吐地像個孬種。不不不，你不像孬種，你就是孬種，不折不扣、完完全全的大孬種。」

阿比米修斯給她的氣勢震懾住，再次垂下頭去，徒然發嘆。

潘朵拉白了祂一眼，鄙夷罵說：「沒用的東西，還敢跟老娘叫板。」轉向阿瑞斯，滿臉堆歡說：「你看看人家阿瑞斯，多麼英武雄壯，這才是叫普天下女子為之傾倒的真正男子漢。嗯，大神但有所命，奴家無不遵從。」說後面這段話時，眼中春水狂湧，無論再高的堤防也抑止不住其泛濫。

阿瑞斯上前狠抓了她的胸脯一把，笑說：「瞧妳這騷勁兒，比愛芙羅黛蒂有過之而無不及，我恐怕吃不消。不過妳密報阿比米修斯反叛有功，我父王重重有賞。來神哪，抬過來。」

阿比米修斯大吃一驚說：「小潘潘，我一向對妳千依百順，難道還不夠好嗎？妳為何要出賣我呢？」

「你對我好個屁！跟條嚴重縮水的內褲似的，整天緊緊黏在老娘屁股後頭，連一絲風都不讓吹進，煩都煩死啦！」她早已受不了阿比米修斯的銀樣蠟槍頭，而屢次的偷情，都給緊迫盯人的阿比米修斯壞了好事，她心中積怨之深，不言可喻，一旦邂逅偉岸挺拔的阿瑞斯，自然而然掏心掏肺，甚至加油添醋地告發阿比米修斯的罪行，以求趕緊掃除這個滿足她慾求的最大障礙。阿比米修斯頓時心寒齒冷，萬念俱灰，無意再說些甚麼，大悔當初不聽長兄的勸告。

四個錦衣天兵合力抬來一口沉甸甸的大箱子，擱在潘朵拉面前，向阿瑞斯行了軍禮後退下。阿瑞斯對潘朵拉說：「妳失去老公，自然而然當不成人間王后，我父王賞賜給妳這口百寶箱，聊作補償。」

潘朵拉看那口箱子用料堅實、雕刻精美，本身就已價值非凡，內容物想必更加了不得，不禁喜逐顏開，沒口子謝主隆恩。

阿比米修斯深受打擊，頃刻間把世事看得較以往通透許多，明白宙斯絕對沒安甚麼好心眼，於是肅顏鄭重說：「潘朵拉，雖然妳對我無情，我卻不能對妳無義，而且為了咱們的子子孫孫和天下蒼生著想，這口箱子恐怕暗藏著宙斯的陰謀詭計，妳可千萬別打開啊！」

潘朵拉往阿比米修斯的白嫩肥臉吐了口唾沫，恨恨罵說：「你這個混帳東西，竟敢當著大神阿瑞斯的面，汙蔑至高無上的眾神之王，你一定會得到應有的懲罰，希望那是最最最嚴厲的一種。」

阿比米修斯還不死心，急切說道：「我求求妳，無論如何別打開這……」話還沒說完，阿瑞斯的大腳丫子已重重踹在祂的臉上。阿比米修斯痛得蜷伏在地，吐出一口鮮血和兩顆門牙，除了低沉的呻吟和濁重的喘息外，再未發出任何聲響。

潘朵拉怒視著向來寵愛她的丈夫說：「你油膩膩的醜臉弄髒了大神阿瑞斯高貴的腳，應該罪加一等。」

阿瑞斯笑說：「沒事，沒事，我可樂意得很哩！」說完隨即率領錦衣親兵衛隊押解阿比米修斯離去。

潘朵拉痴望著阿瑞斯異常雄壯的背影，喃喃說道：「不求無價寶藏，惟盼一夕歡情。啊，阿瑞斯，阿瑞斯！」待眾天兵天將消失在雲霧裡好陣子後，她才回過神來，緩緩伸出手要揭開箱蓋，驀然想起阿比米修斯的苦勸，不由得驚疑了起來，但她自童年起在天庭裡即已受到制約，看到這口箱子，無論如何一定要開啟。

她抑制不住內心最深沉而強烈的衝動，才掀開一條細縫，宙斯或無意或精心培育出的無數種微生物與害蟲，就從箱子裡潮湧而出，當然還有以普羅米修斯血肉為食的鼠輩。潘朵拉嚇了好大一跳，使盡吃奶力氣才蓋上箱蓋，癱軟在地，知道自己闖下滔天大禍，但為時已晚。

不消多時，箱中之物在人間引發前所未有的疫疾與饑荒，阿比米修斯和潘朵拉所生後代無一倖免，他們若非病死餓死，便是慘遭鼠輩活活啃食而亡。

成長於天庭、自幼即接觸這些微生物的潘朵拉，當然可以免疫，獨自一人失魂落魄地到處遊走，觸目所及盡是已死或垂死的人們。她走著走著，突然站定不動，緊接著目眥盡裂，厲聲尖叫，發狂似的奔跑至覆滿黑壓壓鼠群的一具殘骸旁。那是她最鍾愛的幼子，雖然體型巨大，但終究只是個沒有自衛能力的孩子。

她奮力驅趕走正在爭食上等鮮肉的老鼠們，雙膝頹然跪倒，兩手環抱住露出多處白骨的幼子遺體，欲哭無淚，仰天大喊：「神啊，我日日夜夜膜拜您，時時刻刻讚頌您，對您深信不疑，您為何要如此對待我呢？」

宙斯沒有回答。

潘朵拉心一橫，乾脆豁了出去，不斷用最惡毒的言語咒罵宙斯。她的語言天賦，讓繆斯女神深感汗顏，所發出的怨念，使復仇女神自嘆弗如。

宙斯置若罔聞。

潘朵拉接著細數宙斯的風流豔史，陳述祂如何運用極其卑劣的手段來勾引或強辱天上人間諸多美女，其事之荒誕，其行之下作，讓聽聞者瞠目結舌，臉紅心跳。

宙斯仍無反應。

就在潘朵拉開始抖出她打探到的宙斯栽贓嫁禍、借刀殺神以獨攬大權的諸多醜事時，突然一道極猛極烈的天雷落下，瞬間把她劈得屍骨無存，徒留一縷黑煙，在轟隆隆的迴響中隨風飄散。

隨即又是一道閃電，炸裂了那口箱子，釋放出壓箱之物——希望。世間滿布這個虛無縹緲的玩意兒之後，人們才會堅定求生意志，努力存活下來，進而愈挫愈奮，如此一來，宙斯才得以實現祂籌畫已久的終極詭計。

第十六章　人神混戰

絕大部分的人類病逝、餓死或慘遭鼠輩生吃，只有極少數憑藉著虛無縹緲的希望，以及因累世壓迫而磨練出的生存技能與毅力，逃過了這場天譴浩劫。其後演化繼續發揮作用，新世代人類普遍對現有疫病多少具有免疫能力，也反過來獵食鼠蠍蟲蛇，一方面緩解鼠患蟲害，另方面減輕饑饉荒歉，人口再度激增。宙斯驚嘆於人類頑強的求生意志，以及對於重大災變的適應能力，那是倚恃天生稟賦的神族所普遍欠缺的。祂不斷利用普羅米修斯遺留下的器材來實驗新疾病，創造新害蟲，並反覆降下天災，樂此不疲。人類飽受磨難，居然因此激發出強大的創造力與科技實力，即便是工藝神赫菲斯托斯也不禁衷心讚嘆，不時下凡，暗中向人類學習。

部分神族樂於享受人造器具帶來的方便舒適，而頑固守舊的則極度鄙視人類與其創作物，雙方往往為了人類爭辯不休，甚至大打出手，反正天朝神國歲月悠悠，不死眾神無所事事，閒著也是閒著。身為眾神之王的宙斯，喜聞樂見臣下的分歧對立，這大大有利於祂的統治。祂有時偏袒親人類派，有時偏袒反人類派，更多時候僅作壁上觀，十足地天威難測。

宙斯估量時機已經成熟，便正式頒布自己為唯一真神的飭令，並指示繆思女神編作讚美歌，還把宙斯的事蹟與言談大加美化，撰寫成一本《宙語斯言錄》，利用人類的印刷術印製成書，神手一本，隨即嚴令眾神勤讀牢記，且須日日吟唱。從此天朝神國隨時隨地都能聽到「我主宙斯，唯一真神；最慈最美，至善至真」的讚頌。然而仍有為數不少的神，沒把《宙語斯言錄》當回事，甚至嗤之以鼻，把書撕毀，用來擤鼻涕、擦屁股，或者抹除酒醉後的嘔吐物。一段時日後，天庭偵騎四出，由阿瑞斯統率的錦衣親兵衛隊，不時在街頭巷尾或民居酒肆進行抽查，把未能將《宙語斯言錄》倒背如流或背誦時沒表現出如痴如狂神情的眾神統統抓捕起來，進而流放人間，並指稱祂們為墮落天使。如此既排除異己，也有助於紓緩天朝神國巨大的「神口壓力」——神繁衍得實在太多了，宙斯再如何大權一把抓，總不能沒來由地用雷霆杖消滅其中一部分吧！

淪落人間的眾神大多屬於蔑視人類的頑固守舊派，一向養尊處優慣了，而且膽敢反抗至高無上的宙斯，代表骨子裡很有些傲氣。祂們既不會更不屑從事生產，一味榨取自然資源，役使人類，甚至把人類當成縱慾洩恨的對象，十足坐實了「墮落天使」的汙名，也就是先名歸，後實至。神族與前一版本的人類雜交，生下勇武英偉的半神人，開創了傳奇浪漫的英雄時代。墮落天使與這版本的人類雜交，卻生下像貌猙獰、體形碩大的半神人，既稟承父母雙方各自的怨恨與怒氣，又因極度遭受神族輕賤和人類畏懼，生性極為凶殘狂暴，人類稱呼他們為阿修羅。用不著哀厲怒嘶族挑撥，無論是神是人，阿修羅族一律視之為不共戴天的生死寇讎，首先遭其毒手的，往往是他們的親爹親娘，而他們的身後往往跟隨著暴力死神族克蕾絲。這群可怕的女神，正是當年宙斯用雷霆杖團滅魁幹特斯族時，從飽受驚嚇的夜神妮克絲體內迸出來的。祂們長久以來在天朝神國毫無用武之地，一直鬱鬱寡歡，自從被貶到凡間後，攜手復仇女神族哀厲怒斲表姊們，一同歡度最美好豐碩的時光，視修羅場為黯黑天堂，祂們的兄弟——冥河擺渡者卡戎，卻給搞得筋疲力竭。等待渡過冥河的亡者實在太多了，卡戎忙不過來，索性向亡靈索賄，藉以決定誰能優先過渡，居然快速成為鉅富，大量金銀財寶交付給忠心耿耿的三頭犬克別洛斯把守。冥后波瑟芬妮生性驕奢，每半年返回到陽間時，總會大肆採購。寵妻無度但財力有限的冥王黑地斯，不得已只好向卡戎借貸周轉。冥王與夜神的家事純屬閒話，就此打住不述。

一般人類單靠自身力量，根本無法對抗阿修羅族，許多被他們生吞活剝。墮落天使憑藉天生神力，勉強能夠匹敵阿修羅族的狂暴蠻力，但狡詐成性的墮落天使，卻時常拿人類當犧牲品，以降低本身來自阿修羅族的威脅。在墮落天使與阿修羅族的雙重夾殺下，人類節節敗退、數量銳減，殘存者困守在一座同心圓形孤島上負隅頑抗，竭盡所能研製先進武器、構築防禦工事，要幫人類文明爭取一線生機，但是……

「事到如今，你怎麼還下不了決定呢？」漢密斯望著高闊的落地窗前一條偉岸的背影說道。窗外的血色殘陽，照映在對岸大口大口啃食著人類與禽獸的無數人形生物上，他們正在為最後的總攻擊補充能量，其巨大壯碩的身影籠罩在紅豔豔、光燦燦的斜輝下，長長的影子已然跨越海峽，侵占了這座同心圓形島嶼，而只消一連串的斷吼，影子的真身便會潮湧過來跟影子合體。

落地窗前的那條偉岸背影，像是顆突然洩了氣的氣球，萎縮癱倚在落地窗邊折射出璀璨光芒的高聳水晶柱上，發出一聲長嘆，嘶啞道：「要知道我這決定一下，恐怕便是人類滅絕的世界末日。」

漢密斯說：「亞特蘭提斯王，你這話似乎說反了吧！你要是再不下決定，這世界上的所有生靈才真要無一倖免，被阿修羅族吃得屍骨無存，然後他們就會開始同類相食，直到這世間完全一片死寂。」

亞特蘭提斯王以水晶柱為支點，顯得相當費力地轉過身子來，眉頭深鎖著說：「這個決定實在過於重大，後果我擔當不起啊！」他年約四十，原本像貌英挺俊朗，此時在日暮陰影的蝕刻下，看似已經歷過上百年的雨雪風霜。

漢密斯說：「唔，亞特蘭提斯，亞特蘭提斯，意思是『亞特拉斯之島』。你的祖先將這座島命名為亞特蘭提斯，就是希望子子孫孫效法擎天神亞特拉斯。亞特拉斯扛起了天，雖說是迫於無奈，但祂十分盡責地扛了數十億年，不曾讓天空烏拉諾斯塌下來，祂甚至為了能夠繼續堅持下去，竟然要求半神人帕修斯拿蛇髮女妖美杜莎的頭顱給祂看，好讓自己石化。亞特蘭提斯王，你的責任雖然重大，決定雖然困難，可還遠遠比不上亞特拉斯啊！」漢密斯刻意避而不談的是，宙斯一方面挑明講出永不釋放亞特拉斯，另方面在剝奪眾神神位的同時，卻賜予亞特拉斯擎天神的名號，藉以迫令和誘使亞特拉斯「自願」石化，正如同偉大的英雄導師——私生子凱隆，不得不「自願」放棄永生一般。

亞特蘭提斯王自然十分清楚本座島嶼名稱的來源及其含義，此刻異常沉重地點了下頭，語氣卻相當平緩，說：「目前世上所有生物的遺傳物質樣本都已經蒐集完成了，重生再建的艱鉅工作，有勞上使費心。」

漢密斯說：「我兄弟赫菲斯托斯在你們的協助下，已精心打造了一艘方舟，你託付給我的遺傳物質樣本，也已妥妥當當地存放在那艘方舟裡了，由阿波羅和阿緹密斯兄妹日夜輪流照看著。嗯，你跟家人們即刻登上方舟，日後這人世重生再建的工作，你可以自行監管，正所謂『求神不如求己』。如此安排，你總可以放心了吧！」

亞特蘭提斯王鄭重搖了搖頭，堅毅說道：「為了對我自己所做出的決定負責，同時彰顯該決定並無任何私心，我跟家人們要和亞特蘭提斯共存亡。」他明白自己與家人即使登上方舟，恐怕存活不了多久，與其苟延而死，還不如悲壯而亡。

漢密斯早已摸透亞特蘭提斯王的個性，也清楚他所面臨的窘境，假作吃驚狀，說道：「這麼一來，你全家不就……不就……」

亞特蘭提斯王跪倒在地，垂淚道：「我一家上上下下數十口死不足惜，惟求上使務必重建人世，讓這一版本人類的文明可以延續下去。」

漢密斯快步趨前，屈身緊握住亞特蘭提斯王的雙手，表情莊嚴肅穆，語氣慨切鄭重，說道：「諾啊！唔，為了恪守我對你的承諾，那艘方舟就命名為『諾啊』，好時時刻刻提醒我自己，務必達成你的囑託。」

亞特蘭提斯王道：「既然已經得到上使的承諾，我就能夠放心下令了。」

送走了漢密斯，亞特蘭提斯王隨即傳呼進一名智勇之士，遞給他一個金屬盒子，語聲深沉而語氣嚴肅地說：「所羅門，我料想明天拂曉，阿修羅族將發起總攻擊，亞特蘭提斯這回勢必守不住。這個寶盒內收藏著我們這版本人類的歷史紀錄與智慧結晶，你今夜搭乘隱形飛船突圍而出，把它密藏在寶盒盒蓋上圖示的地方。只盼有朝一日，未來的人類能夠發現這個寶盒，並且善加利用，再度創造出輝煌文明，如果未來真的還有人類的話。」

所羅門嘴巴動了動，但欲言又止，接過寶盒，敬了個軍禮，銜命離去。

其後亞特蘭提斯王召來幾個家族的族長，朗聲說道：「各位，人類文明已經到了存亡絕續的緊要關頭，你們立刻帶領家族裡的青壯年和孩童們，循密道下到海底城和地下城，在那裡繁衍生息，最起碼待上五千年，然後派遣勇士出來探勘那時候的地表是否已經適合人居，再視實際情況相機行事。」為了節省物資以固守亞特蘭提斯島，並順便消滅敵軍數量，老人全都被用作誘餌來毒殺阿修羅族，最初是漢密斯獻策，亞特蘭提斯王的父母帶頭這麼做的，其他的老人們則是半自願半被迫，如今亞特蘭提斯已無任何年長者。

某個族長問說：「那麼陛下您呢？」

亞特蘭提斯王苦笑說：「總要有人留下來操控武器和按下那些按鈕吧，就讓我和王族成員們來做這件事。」亞特蘭提斯人一方面太過於自負，凡事都要親自動手，再者他們基於對墮落天使的不信任，連帶地視遙控與自動化為有害的魔法，也就未曾發展這方面的技術。

所有族長全撲通跪下，紛道：「這件事讓我來，讓我來……」

亞特蘭提斯王抬手止住他們的叫喊，厲聲說道：「局勢緊迫，事不宜遲，即刻執行，毋庸再議。我以亞特蘭提斯王的身分，對你們下的最後指示就是，為了人類文明，為了這個世界，你們務必跟家人好好存活，代代傳承下去。」說完，背轉過身子去，任憑淚水湧出眼眶、滴落胸襟。眾族長明白無法讓亞特蘭提斯王改變心意，過去即使當中有幾位對他讓老人去送死相當不諒解，此刻也都能感受到他堅決守護人類文明的苦心，不約而同朝他一拜，起身嗚咽著離開。

夜色已濃，雖然隔著海峽，阿修羅族響如雷鳴的鼾聲，依舊一無所阻地傳送上亞特蘭提斯島上來。他們跟當年的魁幹特斯族一樣，都習慣於日出而作、日入而息，生活步調相當規律。所羅門懷抱著寶盒，獨自步入地下機庫，打開庫頂，進到一架人面獅身形狀的飛行器斯芬克斯號內，在啟動隱形與消音裝置的霎時間，忽然想起宙斯隻身靠著隱形盔與雷霆杖將魁幹特斯族滅族的古早傳說，不由得發出冷笑，忖道：「人類與阿修羅、墮落天使已經混戰不知多久了，始終有人一以貫之地向宙斯祈求和平。殊不知最好戰嗜血、毫無悲憫心的，正是宙斯，人類長久以來的悲慘處境，也是祂刻意造成的。」

所羅門發動反重力引擎，斯芬克斯號緩緩上升至可以俯瞰整個亞特蘭提斯島的高度，底下一片漆黑，月亮隱於一片烏雲之後，藉著稀微星光，僅能勉強辨視島上地形與建築的輪廓。亞特蘭提斯王並未指示他在埋藏寶盒後應何去何從，所羅門想問但終究沒問出口，因為他心知肚明，比起他個人的生死，亞特蘭提斯王有遠更重大的事情縈心，自己幸好沒有家累，獨自一人就聽天由命吧！所羅門對漆黑墨濃的亞特蘭提斯島投以最後一瞥，往前推動手中的加速桿，斯芬克斯號即朝遠處三座巨型金字塔高速飛去。

次晨天一亮，阿修羅族果真全員出動，在一連串的震天嘶吼聲中，個個攀著巨大樹幹，爭先恐後地踢水渡海，搶上亞特蘭提斯島來。非常意外地，除了早已布下的水雷、地雷、高壓電網與一些防禦工事外，他們僅僅遭遇零星砲火、電磁砲、超聲波和雷射光束等武器的攻擊，而且攻擊持續不久便戛然而止，他們反倒有些不知所措，全愣在當地，後來的阿修羅們不斷湧上，擠得亞特蘭提斯島幾無立足之地。等著看好戲並坐收漁利的墮落天使們大失所望，紛紛發出噓聲，其中幾個好事者扯開褲襠，居高臨下朝阿修羅們撒尿。被熱液澆頭的阿修羅們不甘受辱，撿起石塊奮力擲向墮落天使們。還有幾個阿修羅高高躍起，手掄巨木，使勁砸向墮落天使。雙方大呼小叫，大打出手，場面十分混亂。

忽然，亞特蘭提斯爆出一道自開天闢地以來從未有過的亮閃，大地發生比天空烏拉諾斯拳擊猶加敦半島還要猛烈的震動，不計其數的阿修羅與墮落天使頓時汽化消失，位於周邊者的斷體殘肢，隨著比怒極的颱風怪遠更劇烈的氣流飛散開去，巨大的七彩蕈狀雲冉冉升起，擴散開去，分隔了天與地，烏拉諾斯起了咳嗽，蓋婭發出呻吟。

戴著人造望遠墨鏡的宙斯在天庭目睹這一切，吃了好大一驚，插滿金箭的臃腫身軀不由得往後退卻，腳下絆著東西，一個踉蹌，兩手連揮，若非阿瑞斯飛撲過來趴在地上當成椅子，這位「唯一真神」就要一屁股摔坐在地上，大失顏面。宙斯近來房事力不從心、藥石罔效，又不能求神問卜，於是異想天開，要小愛神丘比特拿金箭扎自己，等同於催情劑，劑量愈來愈大，把自己搞得活像一隻大刺蝟。阿瑞斯手腳同時用力撐起，兩個彪形侍衛也過來攙扶，宙斯這才勉強站立，為了掩飾尷尬，轉移話題說：

「這場煙火秀精彩歸精彩，但實在太亮了，幸好我戴著這玩意兒，否則雙眼豈不被閃瞎？看來這一版本的人類還真有兩把刷子，幸好現在已經完蛋大吉了。」

阿瑞斯湊趣說：「吾主高瞻遠矚，未雨綢繆，預先根除了這一版本人類，免得後患無窮。」

宙斯捋捋虬髯，若有所思說：「倒也不全然如此……唔，『不全然如此』指的是『根除了這一版本人類』這部分，至於『高瞻遠矚，未雨綢繆』，那肯定是實至名歸的。對了，你去找赫菲斯托斯過來，我有件重大任務要交代祂去辦。」

當獨眼巨靈族與水神龐多斯大戰期間，地表大量水氣蒸散至虛空，凝結成冰塊，後來赫菲斯托斯奉宙斯之命，將虛空中的眾多冰塊聚攏成一顆大冰球，以備不時之需。亞特蘭提斯大爆炸之後，宙斯即命赫菲斯托斯將大冰球拖至地球上空。那大冰球禁受不住地球的引力，崩解開來，直墜而下，部分成為冰雹，部分化作雨滴，猛烈擊打地面，再匯聚成滔天巨洪，將人類、阿修羅族與墮落天使在地表上的遺跡，沖刷得幾幾乎蕩然無存，已被炸得粉碎的亞特蘭提斯島，也隨著洪流四散，大多沉入深海底，永不見天日。

那場大爆炸殘存的墮落天使全都面目全非，皮膚紅腫潰爛，形貌變得猙獰可怖，為了躲避大洪水以及宙斯的爪牙追捕，紛紛遁入地獄與人間的交界處，成為宙斯口中宣稱的惡魔。潛伏著的惡魔們伺機而動，打算有朝一日向宙斯討回公道，但自知力有未逮，只盼望人類能夠復興壯大，並與自己這陣營結盟。宙斯早有防範，指示黑地斯加強對於等著投胎轉世的靈魂進行潛移默化。然而亡靈大批湧入地獄，且因死得慘烈而突然，絕大多數並未準備船資，收賄慣了的冥河擺渡者卡戎氣得乾脆罷工。積欠卡戎一屁股債的黑地斯哪敢責備債主，只能一方面低聲下氣地懇求卡戎，另方面跟宙斯虛與委蛇、敷衍了事。

天降大水已停歇一段時日了，阿比米修斯坐在諾啊方舟的甲板上，神情落寞，目光呆滯，空望著一望無際的漫天洪水。

其母泰美絲站在祂身旁，啜泣著說：「娘實在對不起你們三兄弟，但你可別以為娘在天庭的日子就很好過。娘長久以來忍辱負重，一味逢迎宙斯，就是為了有朝一日能為你們三兄弟做點啥事。亞特拉斯自願石化了，娘對於祂根本無能為力，而變得痴呆的普羅米修斯已經對宙斯毫無利用價值，也對宙斯的權勢構成不了任何威脅，咱母子倆就齊心協力，幫助你大哥脫離目前悲慘的處境，你就別再跟娘鬧彆扭了吧！」

阿比米修斯無動於衷。

泰美絲又說：「好吧，就算你一點兒也不珍惜兄弟之情，又或者普羅米修斯對你不起，不過你總算在人間待過好長一段時日，你也曾經是人間唯一的王，想必不忍心看到這世界變得如此了無生機吧？」

阿比米修斯依舊紋絲未動。

「唉，『無情正是多情處』，娘知道潘朵拉那婆娘實在傷害你太深太慘了，才讓你變得如此冷漠絕情。『天涯何處無芳草，美女何須天上找』，只要你完成宙斯交付的這項任務，娘再使出看家本領來取悅祂，祂一高興，娘趁機請求祂恩賜給你一房如花美眷，你覺得如何呢？」

「娘，您就別費心了，孩兒已經心如死灰，不想再跟任何女子有任何牽扯。」阿比米修斯終於開口了。

泰美絲明白寶貝兒子言不由衷，於是打蛇隨棍上，說道：「你可千萬別灰心喪志。要知道潘朵拉打一開始就沒安好心眼，並非所有的女子都跟她一樣，況且現在的情況已跟當年完全不同了，宙斯不用再提防你，也就犯不著大費周章，再度為你設下桃色陷阱。事實上，娘試探過祂，祂也覺得不妨幫你討房媳婦兒。這回娘會親自挑選調教，保證讓你心滿意足。」

阿比米修斯聞言，一顆心噗通噗通狂跳，強自壓抑不住浮上來的喜色，佯裝面無表情，冷冷說道：「既然是神諭及母命，孩兒自當竭心盡力，其餘不敢奢望。」

泰美絲歡聲說道：「你應得的，你應得的。」說罷，即回返天庭，在二姨宮裡向宙斯覆命，順便接受其滴滴答答、聊勝於無的雨露潤澤。

宙斯命冰族、雪族讓南北極及高山地帶結冰和積雪，再命河神、湖神多蓄積些水，洪水水位逐漸降低，陸地慢慢顯露出來。阿比米修斯隨即卯足全力，利用方舟上的動植物遺傳物質樣本，創造出各種各類的生物來，這可比無中生有要容易許多，不消多時，地球再度恢復盎然生機。等到生物繁衍得差不多了，宙斯便差遣漢密斯借助於由方舟改造而成的太空船，將三個地外星球的人類遷移至地球，按照膚色、語言讓他們隔離開來，並誘導他們相互憎恨，彼此敵視。

這些從天外移入的地球新住民，與亞特蘭提斯人系出同源，都可劃歸為第五版本的人類。跟前四版本的人類純屬神創物截然不同，第五版本的人類可說是宇宙中最複雜而矛盾的存在。他們最早的男性先祖，可追溯至泰坦族二代神米修斯兄弟共同創造的三個神形偶，其體內由雅典娜女神賦予的智慧與靈性，和得自黑月女神黑卡蒂的神祕物質化合成靈魂。三個神形偶的陽具是由驚天地、駭鬼神的獨眼三巨靈、被宙斯施加恐怖邪惡的黑魔法而變現的，包皮則是雅典娜利用極稀有珍貴的物質編織成的，其中包含了天空烏拉諾斯遭逆子克羅諾斯閹割時沾染到自身精血的恥毛，另外還有雅典娜愁思百結時淌下的眼淚所化成的珍珠，以及獨眼三巨靈感激涕零之際被熱焰蒸發的淚水。這版本人類最早的三個女性先祖——莉莉絲、夏娃、露曦，是後見神阿比米修斯跟母猿猴交配產下、備受先見神普羅米修斯關愛照護的半神猿。所以第五版本人類在本質上，兼具神性與獸性、理性與感性、靈性與劣性、智慧與愚痴，也負載了天空烏拉諾斯和獨眼三巨靈慘遭背叛的憤恨，另還代代傳承了被普羅米修斯設定的自由意志及造人三法則，以及冥府累世的懲戒教化。與亞特蘭提斯人大異其趣之處在於，地球新住民過度近親繁殖，而且先前一直被天神圈養著，演化從未在他們身上發揮實質作用，他們也反反覆覆被耳提面命必須信真神、守教條、遵教化，大大有別於普羅米修斯教導亞特蘭提斯人祖先的信真理、重思辨、存懷疑，因此新住民的身體素質與智力，遠遜於亞特蘭提斯人，加上地球環境已嚴重劣化，疫疾叢生，生存不易，不再受神庇護的新住民，壽命大減，甚至一代不如一代。

權勢極大而器量極小的宙斯，無論如何也不願原諒米修斯兄弟的相繼背叛，滿懷惡意地將新住民中一個美麗賢淑的女子賞賜給阿比米修斯。阿比米修斯欣喜若狂，對人妻疼愛有加，也首度得到濃烈的情感回報，夫妻相處情形，完全不同於當年潘朵拉對阿比米修斯的予取予求和頤指氣使，這對恩愛歡樂的神人眷屬，很快有了愛情結晶。

鑒於阿修羅族橫行人間的恐怖經驗，神族與人類交合產子從此成為絕對禁忌，若有違反，所生下的後代將遭到天使、惡魔、人類共同追捕獵殺。起初阿比米修斯竭盡所能來藏匿祂與妻子的情愛結晶，但所有努力皆屬徒勞，只能眼睜睜看著子女從懷抱中被強行奪走，有些甚至當著祂的面慘遭直接處決。後來祂乾脆自己動手來殺死初生的嬰兒，省卻了提心吊膽與躲躲藏藏，也能讓孩子少受些痛苦，每次都是椎心刺骨之痛。祂無法想像克羅諾斯竟然能夠一再生吞子女，宙斯也接二連三殘害骨肉，就只是為了權位。對於祂來說，甚麼眾神之王，甚麼唯一真神，這一切根本比不上能夠看著自己的子女平安長大。極度諷刺的是，阿比米修斯基於私心與衝動，意外成為第五版人類的始祖，卻無法保有任何一個婚生子女。祂再也不敢享受雲雨歡情，更令祂心碎的是，地球新住民難以抵抗在地外星球從未遭遇過的疫病，祂不久後就飽嚐與愛妻死別的苦楚。原本愚蠢痴迷的祂，如今已充分體驗到歡愉短暫而虛幻，痛苦綿長而真切，即使是神，也無法逃脫這樣的困境。祂另也感悟到，其兄普羅米修斯號為先見神，智慧原本極高，卻備受妄想與執著蒙蔽心智，淪為宙斯操弄的工具，最終下場悽慘落魄。大澈大悟的阿比米修斯，從此化身為一位苦行的智者，四處雲遊，不厭其煩、苦口婆心地教誨世人清心禁慾及世事無常的道理，並傳授破除妄想與執著的心法。後來某個地區興起某個教派，尊稱阿比米修斯為「阿比米佛」，至於那教派是否就是佛教，而阿比米佛是否就是阿彌陀佛，早已無從查考了。

亞特蘭提斯是個階級謹嚴的社會，幾大家族素有高低貴賤之分，上下階層不相通婚，鮮少往來。他們潛入海底及地下時，有一支地位最為崇高的貴族，居住得最接近地表，其後裔的外貌身形，與地球新住民並無明顯差異，等到大爆炸過了數千年後，偶爾會有族人以聖哲或先知之姿現身於世，融入人群中，傳授給新住民後代知識、哲思與信念。

另有一支亞特蘭提斯人家族因地位最低下，不得不深入地底，久不見天日，食物嚴重不足，逐漸演化成適應高壓高溫低氧環境的小灰人。小灰人的生存條件相當惡劣，又必須經常與墮落天使轉變成的惡魔、其他支的亞特蘭提斯人後裔進行激烈爭鬥，逐漸發展出先進實用的科技，完全不像亞特蘭提斯貴族後裔那麼喜歡唱高調。小灰人較晚出到地表來，發現自己族人已不能適應地表環境，因此藉由操控一些現代人類，適時適度地提供技術，有計畫、按步驟地推動幾波工業革命，提倡消費主義，促進工商發展，甚至不惜殺害幾個科學家來隱藏潔淨永續的能源，以便讓大氣條件變得適宜小灰人居住。此外，久處高壓高溫環境且長期營養不良的小灰人，普遍罹患不孕症，他們不時綁架現代人類進行研究，打算運用基因技術來讓族人恢復生殖能力，但成效不彰。部分小灰人主張與現代人類結合，以產生過渡物種，然而關於阿修羅族的恐怖記憶一直揮之不去，他們也就相當審慎，這方面的嘗試雖然一直持續著，但進展相當緩慢。

除了亞特蘭提斯人後裔外，所謂的惡魔與宙斯的爪牙，也都競相灌輸給現代人類截然不同、相互牴觸的信仰。宙斯由於得到黑地斯的幫助，可以在靈魂投胎轉世的過程中予以潛移默化，所以在博取人類信仰一事上，可謂占盡上風。然而所謂的惡魔們，因為跟人類混居已久，甚至曾經通婚，比高高在上的宙斯遠更熟悉人性，總不缺乏誘惑人類的有效手段。

地表上的現代人類，雖未曾慘遭阿修羅族獵食與墮落天使陷害，但由於族群間的隔閡，信仰的分歧，以及背負承繼自神族背天叛地、恩將仇報的原罪，再加上復仇女神族哀厲怒嘶與暴力死神族克蕾絲永不休止的挑撥慫恿，因此爭戰不斷，又從亞特蘭提斯人後裔那兒學習到先進科技，在短短時間內，便已發展出大規模毀滅性武器，而這正中宙斯下懷。

天朝神國承平已久，食口浩繁，生活品質有如江河日下。眾天使對於宙斯這所謂唯一真神，逐漸普遍採取陽奉陰違的態度，讚美歌雖然唱得曲韻悠揚，《宙語斯言錄》依舊琅琅上口，但有口無心的態度已昭然若揭，怎麼也掩飾不了。宙斯打算再度利用人類來消滅一部分天使，讓剩餘的戰戰兢兢、伏首貼耳，畢竟祂一向深信，恐懼是最終極的統治術，其次是洗腦。宙斯在天朝神國嚴格實施阿比米修斯主張的禁慾與苦行，祂自己和至親們自然可以得到豁免。縱慾慣了的天使們群情激憤，鬧得最凶的一群，其下場可想而知，亦即遲早會被宙斯放逐到人間，淪為新的墮落天使。

宙斯為了讓天朝神國看起來一片祥和，在這次的大肅清當中，最先被祂趕出奧林帕斯山的，是從夜神妮克絲體內分裂出的紛爭女神族厄莉絲，至於厄莉絲的姊妹——暴力死神族克蕾絲，祂們早在誕生不久後即遭宙斯放逐至人間。若論輩分，厄莉絲、克蕾絲跟天空烏拉諾斯同輩，都算得上是宙斯的姨婆，不過宙斯一向沒有長幼尊卑的觀念，況且祂自命為唯一真神，地位遠高過一切，包括輩分，祂也就對姨婆們毫不客氣，恣意驅離。

普羅米修斯的兒子杜卡利翁一向謹小慎微，這回同樣勉力遵行天庭禁慾苦行新規，卻沒能逃脫遭到貶謫的厄運，這完完全全是因為祂老子的緣故。杜卡利翁得到母親普羅諾雅的授意與指示，在被遣送下凡的前夕，偷偷潛入無極殿底一座幽黯髒臭的地窖，趕走覆滿其父普羅米修斯身軀的鼠群。

體無完膚、低垂著頭、嘴角垂涎、眼睛半闔的普羅米修斯，忽然舉起手抹去口邊涎液，抬起頭睜開眼，原本呆滯的雙瞳在黑暗中閃射出智慧的光芒。祂嗓子嘶啞，低聲說：「我的兒杜卡利翁，你終於來了，這代表宙斯即將實現祂最後的瘋狂。」

杜卡利翁說：「父親，孩兒就要被流放到人間了，今後應該要怎麼做才好呢？」

「你必須先凝聚所有反抗宙斯的勢力來幫人類爭取時間，同時找到一個名為『皮拉』的女子，這兩件事都非常重要，關係到神族與人類共同的命運。」

「皮拉？她是誰？我找到她之後要做甚麼？」

「皮拉是個半神人，也是你叔叔阿比米修斯唯一倖存於世的女兒。你找到她之後，立即與她結婚生子，並讓你們的子女跟現代人結合，以孕育出全新的人種。另外，去尋找一艘名為『諾啊』的方舟，然後你和皮拉帶著子孫藏身其中，以躲避即將發生的大災禍。」

「那麼要如何找到皮拉呢？」

「求助於太古水神龐多斯，你應該就能夠找到她。」

「龐多斯在我出生前就已經銷聲匿跡了，祂現在在哪裡呢？」

「潛伏隱流的龐多斯可能在任何地方。你是祂的曾外孫，你的母親普羅諾雅是祂最器重的孫女，在適當的時機，祂會現身出來幫助你的。不過龐多斯脾氣一向很不好，這麼多年來又受盡委屈，你可千萬別得罪祂啊，否則後果不堪設想。」

普羅米修斯沒跟兒子說明，就在宙斯繼任為眾神之王後，自己便去到杳無神跡處，將部分智慧轉移給普羅諾雅（奧林帕斯眾神正是趁此時機，通過了普羅米修斯不認同的《造人施行要點》）。祂之所以這樣做，既是為了驗證智慧轉移的可行性，也因要換取普羅諾雅及其祖父的承諾：普羅諾雅願意苦等數十億年才得以跟普羅米修斯結婚生子，而龐多斯將傾盡全力協助祂們的子孫。普羅米修斯甘願減損智慧還有一個重大圖謀，那就是要讓宙斯自以為凌駕一切，進而執意將權力擴展至極致，但其實迄今整個局勢的發展，都不出普羅米修斯當初所預見，包括祂將被宙斯關進這座地窖裡，因此祂在監造無極殿時暗藏機關，以至於身處這座地窖內並在極度專注下，可以聽見無極殿裡的動靜（送飯的僕役既聾又啞，發現不了這個小祕密），另還留有一條通外密道，亦即杜卡利翁今夜賴以潛入的那條。普羅米修斯轉移部分智慧的同時，也把自己受囚地窖、兒子前來密會的預見，示現給普羅諾雅看，然而祂十分清楚，預見跟詛咒如出一轍，多少具有自我實現的成分。例如極度迷戀權位的烏拉諾斯和克羅諾斯，都深信自己將遭受子女篡位的詛咒，因此不惜迫害子女，反倒促成子女反叛，從而實現詛咒；普羅米修斯也因自己的預見，建構了這座地窖，讓受囚於此、兒子潛入的預見得以成真。預見和詛咒都像是對於篤信者高明的心理操控術，此外，可以預見所愛者悲慘的下場卻根本無法扭轉，使得擁有預見能力彷彿被下了極其惡毒的詛咒，正如同拒絕阿波羅追求的特洛伊公主卡珊德拉的遭遇一般。渴望自由意志、飽嚐失親之痛的普羅米修斯，於是毅然決然捨棄預見能力，還清除了記憶中絕大部分的預見，但保留此時此刻的此情此景。如此一來，祂既免除自身續受預見操控，也讓往後的世事不再受祂的預見直接影響，而這正也符合祂造人實驗的目的與精神。祂從此對於未來只能推測，無法預見。看起來第五版本的人類難免落入滅絕的厄運，繼之而起的新人類，或將屬於在人間長期生活過並歷經重重苦難的米修斯兄弟的血脈；從創世以來即宰制人類的神族，則因宙斯追逐極端權力的奮擊而被大幅削弱；暫時不會再有任何神剝奪新人類的自由意志，黑地斯也無法對新人類的靈魂進行懲戒教化，此因受到方舟的嚴密屏蔽，新人類死後的靈魂不會被強制去到冥府。至於如此演變真的會比較好嗎？普羅米修斯並不在乎，畢竟祂僅是要開創一個有別於以往的新契機，一種新的可能性，以後的事就交給兒子杜卡利翁和人類自己了。

杜卡利翁不明白種種複雜因由，直聽得雲裡霧裡，憂心忡忡問說：「甚麼情況才是龐多斯現身的適當時機呢？假使我不小心得罪祂，會遭受甚麼後果？爹，您是先見神，可否預先告訴我？」

普羅米修斯並未回答，因為祂在古早時候的預見終止於此刻，且已捨棄了預見的能力，只說：「切記，我的兒杜卡利翁，唯有熬過苦難淬煉的智慧，才是真正的智慧。我已經親自印證這一點了，現在輪到你去體驗苦難，然後你才夠資格創造培育出最極致的人類，亦即神與人完美結合且永不甘願受神宰制的版本。」剛說完，腦海裡突然閃過一個念頭：不管是神是人，無論先見後見，也許都只是渾沌卡歐斯窮極無聊時的實驗品，畢竟頭一個詛咒正是發自此君，只有全部的實驗對象都認知到這一點並消極地退出實驗，這場渾沌實驗才會終結，又或者卡歐斯也是受到太虛的操控，而我們自始至終，一直處在太虛幻境之中。真是這樣子嗎？普羅米修斯不能確知，看了杜卡利翁一眼後，隨即低垂下頭，半闔上眼睛，任憑口涎淌出嘴角，一切恢復原貌，而方才父子間的對話，似乎只是出自杜卡利翁的想像。

杜卡利翁仍有滿肚子疑問，見到普羅米修斯這副模樣，天也快亮了，說了句沒甚麼意義的話：「爹，我走了，您自己保重。」然後鑽密道離去，踏上被流放至人間的命途。

宙斯假手於漢密斯和阿瑞斯，接連在人間引發血腥大戰，而全面性的核子大戰也設定在最後一批、同時也是最大數量的新墮落天使湧至時爆發。亞特蘭提斯人後裔、新墮落天使及所謂的惡魔，為了自身生存，在人類創造者普羅米修斯之子杜卡利翁的號召下，與現代人類中少數有識之士結合在一起，試圖阻止宙斯的陰謀得逞。然而亞特蘭提斯人各支裔之間，早在亞特蘭提斯自爆之前，便已相互猜疑，彼此敵視，遁入地下和海底後，矛盾和鬥爭益發激烈。據說能讓他們放下長久累積的仇恨而凝聚在一起的，唯有失落的斯芬克斯寶盒，該寶盒中似乎還密藏著足以抗衡天神神力的強大科技。大多數參與會議者一致認為，所謂斯芬克斯寶盒，充其量只是個美好的古老傳說，不值得耗費時間精神尋找。但是，包含小灰人在內的亞特蘭提斯人各支裔、各種膚色的現代人類、新墮落天使與老惡魔，甚至是恐怖的哀厲怒嘶、厄莉絲與克蕾絲們，因為對於宙斯的陰謀束手無策，一一被杜卡利翁說服，勉為其難地派出代表，組成一支雜牌遠征隊，由杜卡利翁擔任隊長，吵吵鬧鬧地踏上探尋斯芬克斯寶盒的征途。

可想而知，這個征途勢必充滿險阻，除了時間緊迫且要對抗宙斯爪牙的追殺外，最大的挑戰，就存在於他們之間和他們的內心深處，而且身為領隊與召集者的杜卡利翁，另有自己的意圖……

【本書完】

釀冒險87　PG3159

宙斯的奮擊

作　　者　傅　羽
責任編輯　劉芮瑜
圖文排版　陳彥妏
封面設計　王嵩賀

出版策劃　釀出版
製作發行　秀威資訊科技股份有限公司
114 台北市內湖區瑞光路76巷65號1樓
電話：+886-2-2796-3638　傳真：+886-2-2796-1377
服務信箱：service@showwe.com.tw
http://www.showwe.com.tw
郵政劃撥　19563868　戶名：秀威資訊科技股份有限公司
展售門市　國家書店【松江門市】
104 台北市中山區松江路209號1樓
電話：+886-2-2518-0207　傳真：+886-2-2518-0778
網路訂購　秀威網路書店：https://store.showwe.tw
國家網路書店：https://www.govbooks.com.tw
法律顧問　毛國樑　律師
總 經 銷　聯合發行股份有限公司
231新北市新店區寶橋路235巷6弄6號4F
電話：+886-2-2917-8022　傳真：+886-2-2915-6275

出版日期　2025年6月　BOD一版
定　　價　300元

讀者回函卡

Printed in Taiwan

國家圖書館出版品預行編目

宙斯的奮擊 / 傅羽著. -- 一版. -- 臺北市 : 釀出版,
2025.06
面； 公分. -- (釀冒險 ; 87)
BOD版
ISBN 978-626-412-100-2(平裝)

863.57 114006249